DER KUSS DES MEERMANNES

TAMSIN LEY

Übersetzt von
FRANZISKA POPP

TWIN LEAF PRESS

Brianna warf den Schwangerschaftstest in den Badezimmermülleimer und stieg zu Eric ins Bett. Er hatte den Laptop auf dem Schoß und kontrollierte eine Hochrechnung seines Unternehmens.

„Negativ", sagte sie. Geradeso gelang es ihr, dass ihre Stimme nicht brach. Die Bettdecke fühlte sich kratzig an ihrer Haut an.

Ohne den Blick von seinem Bildschirm zu nehmen, streckte er eine Hand aus und tätschelte ihre Schulter. „Wir versuchen es nächsten Monat wieder."

Nach einem totgeborenen kleinen Mädchen vor zwei Jahren waren sie dem Ratschlag des Arztes gefolgt und hatten ein Jahr gewartet, bevor sie es erneut probierten. Nun war ein weiteres Jahr vergangen, ohne irgendeinen Silberstreif am Horizont. Hatte sie ihre einzige Chance verloren, endlich Mutter zu werden? Eine Träne löste sich und landete auf ihrem Kissen. „Vielleicht sollten wir aufhören, es zu versuchen."

„Wenn es das ist, was du willst." Er scrollte mithilfe des Mousepads.

Briannas Brust schmerzte. „Eric?"

„Mmm?" Er tippte gegen das Mousepad.

„Eric." Dieses Mal brach ihre Stimme. Jetzt nahm er zumindest den Blick von seinem Computer und sah sie an. Seine Augen erinnerten sie an einen bestimmten Fisch im Aquarium in ihrem Büro, rund und dunkel und vollkommen emotionslos. Sie schluckte ihre Tränen herunter, rutschte näher zu ihm und legte ihren Kopf auf seine Schulter. „Mach Liebe mit mir."

Sein Arm spannte sich an, als er ihn aus ihrem Griff befreite. Für einen kurzen Moment beruhigte sich ihr Herz, doch seine Hand landete auf ihrem Kissen. „Es ist spät." Er tätschelte ihre Schulter erneut und richtete seine Aufmerksamkeit zurück auf den Bildschirm. „Wir versuchen es beim nächsten Zyklus noch einmal."

DIE SALZIGE BRISE, die über den Pier wehte, schmeckte nach Tränen. Hinter ihr gingen Menschen auf der Promenade ihrem Alltag nach. Vor ihr lag der graue Himmel und gleich darunter das dunkle Wasser.

Brianna machte einen Schritt nach vorn, trat vom Holzsteg.

Die schweren, zum Fischen verwendeten Bleigewichte um ihre Hüfte leisteten ihren Beitrag und zogen sie nach unten. Immer tiefer und tiefer, der Druck in ihren Ohren ein klares Zeichen.

Obwohl sie gelesen hatte, dass Ertrinken eine von den weniger schlimmen Techniken war, dieser Welt den Rücken zu kehren, brannte das Salz in ihren Augen und in der Nase. Und das Wasser war kalt. So kalt. Als das Licht über ihr zu einem trüben Blau verschwamm, richtete sie ihren Blick auf die letzten Bläschen, die von ihrer Bluse aufstiegen. Wer hätte gedacht, dass der Weg zum Grund so weit war? Für einige Sekunden blockierte ein Fischschwarm das spärliche Flimmern der Oberwelt, dann waren sie wieder verschwunden.

Ihre Brust brannte und sie hatte Angst, den Mund zu öffnen. War sie sich sicher, dass sie das wirklich tun wollte? Erst nach drei Jahren in ihrer Ehe mit Eric war ihr bewusst geworden, was für ein kalter Fisch er war und dass er sich nicht mehr änderte. Nicht einmal die Totgeburt der kleinen Pauline schien ihn berührt zu haben. Allerdings war er nicht der einzige Fisch im Meer. Wäre eine Scheidung so schlimm? Kurz vor seinem Tod hatte ihr Vater sie schwören lassen, sich niemals von ihrem Ehemann scheiden zu lassen. Ihre Mutter hatte einen Teil seiner Seele mit sich genommen, als sie ihn verlassen hatte. Also hatte Brianna es ihm geschworen.

Nun war er nicht länger bei ihr. Dies war ihr Leben.

Oder ihr Tod.

Das ist doch dämlich! Sie riss an dem schweren Seil um ihre Hüfte. Durchzogen mit Knoten, an denen sie die Fünf-Kilo-Gewichte angebracht hatte, konnte sie nicht mit Sicherheit sagen, welcher davon sie aus ihrer Lage befreien würde. Ihre weite Bluse, die an Land die Gewichte vor neugierigen Blicken verschleiert hatte, trieb in der Strömung; sie konnte nicht alle Knoten sehen. Mit beiden Händen hob sie den Saum ihrer Bluse und zog das Kleidungsstück über ihren Kopf. Das Wasser, so gierig, trug den zarten Stoff ins blaue Nichts.

Ihr Hintern landete auf dem Grund, wodurch der Schlamm aufgewirbelt wurde. Kleine Bläschen drängten sich zwischen ihren Lippen hindurch. Sie presste den Mund fest zu. Ihre gequälten Lungen brannten und schienen gleich zu explodieren.

Ihr linker Fuß kratzte über Stein und sie versuchte, sich hinzustellen, um sich abzustoßen und den Weg an die Wasseroberfläche zu wagen. Doch ihr Fuß rutschte von dem glitschigen Felsen und die Strömung trieb sie hinfort.

Wie konnte sie nur so dumm sein? Sie wollte nicht sterben! Was hatte sie nur dazu getrieben? Und auf diese Weise? Als Fischfutter! Mit brennenden Augen und in der Trübnis der Unterwasserwelt suchte sie nach dem richtigen Knoten. Ihre Finger fühlten sich taub an, kalt und unbeweglich. Sie kribbelten. Aus ihrer Nase traten mehr Bläschen. Ihre Lungen schrien, brannten und verlangten, dass sie tief Luft holte.

Das Licht verlor immer weiter an Intensität. Mit beiden Händen drückte sie den Seilgürtel nach unten und hoffte, ihn über ihre Hüften zu bekommen. Das Seil dehnte sich etwas. Vielleicht konnte sie sich ihre Konstruktion abstreifen. Leider kam ihr der Bund ihrer Caprihose in die Quere. Kurz entschlossen öffnete sie den Knopf und entledigte sich tretend ihrer Hose, zusammen mit dem Höschen.

Ohne ihr Einverständnis kosteten ihre Lippen von dem Wasser. Sofort setzte sie instinktiv zum Husten an. Ihre Lungen füllten sich, doch nicht mit dem ersehnten Sauerstoff. Panisch kratzten ihre nackten Beine über den steinigen Boden.

Ihr Sichtfeld verdunkelte sich aufgrund des Sauerstoffmangels. Oder sank sie tiefer? Eine merkwürdige Ruhe nahm von ihrem Körper Besitz. Ein weiterer Fischschwarm blockierte das wenige Licht von oben. Sie blinzelte. Vielleicht wäre der Tod doch nicht so schlimm. Wie das Eintauchen in einen Traum. Und vielleicht würde ihr Baby sie auf der anderen Seite in Empfang nehmen.

Dann wurde sie von starken Händen an den Oberarmen gepackt. Ein Mann mit kurzen Haaren und glühenden Augen starrte sie an. Jemand war gekommen, um sie zu retten! Sie warf die Arme um seinen Hals. Jedenfalls versuchte sie es; das Wasser bremste ihre Bewegungen. Auch ihre Beine bewegten sich, wickelten sich um seine Hüfte, in dem Versuch, an ihm an die Wasseroberfläche zu klettern.

Seine Augen weiteten sich, silberne Tiefen unter dunklen Augenbrauen. Unter ihren Fingerspitzen ertastete sie geschmeidige Haut. Sein Gesicht kam näher, sein Blick bohrte sich in ihren. Ein entschlossener Mund fand den ihren und seine Zunge verschaffte sich Zugang.

Sie schnappte nach Luft. Benommenheit machte Begierde Platz. Verlockend sprach die Zunge lange verborgene Instinkte in ihr an und kreierte ein Verlangen in ihrer Mitte – etwas, nach dem sie sich verzweifelter sehnte als nach ihrem nächsten Atemzug. Sie erwiderte den Kuss, duellierte mit seiner Zunge und akzeptierte die Wirkung auf ihr Geschlecht. Mit den Beinen um seine Hüfte riss sie ihn an sich, rieb sich an einer harten Erektion.

Ein gedehntes Summen – kein Stöhnen, kein Lied – umgab sie und drang tief in ihr Innerstes vor. Er entriss ihr seine Lippen, seine Hände auf ihren Hüften. Dann küsste er sie wieder, eine neckende Ankündigung auf das Kommende.

Für den Bruchteil einer Sekunde wunderte sie sich, ob dies eine Fantasie ihres Unterbewusstseins war. Ein Versuch, ihren Verstand vor dem unausweichlichen Ende zu bewahren. Schon bald wurde diese Theorie von der Strömung weggerissen und hinterließ jene unbändige Begierde in ihr. Das Bedürfnis, eins mit ihm zu sein. Ihn in sich zu spüren. Den Tod mit dem Akt zu vertreiben, der in der Lage war, Leben zu erschaffen.

Mit ihren Beinen an seiner Hüfte zog sie ihn noch näher an sich, streckte sich ihm entgegen. Ein wortloses Flehen nach mehr.

Und so natürlich wie Atmen füllte er sie mit seinem Schwanz.

Was ...? Ein Gedanke hallte in ihrem Verstand wider, ein Gedanke, der nicht ihrer war, sondern seiner.

Doch im Moment hatte sie keine Zeit, innezuhalten und darüber nachzudenken. Seine Hände glitten zu ihrem Hintern, rissen sie an sich, während er seine Hüften wellenartig bewegte.

Benommen von Ekstase passte sie ihre Hüften an die rhythmischen Bewegungen ihres Gegenübers an. Sie warf den Kopf in den Nacken und spürte, wie sein Schwanz ihre tiefsten Stellen erreichte. Elektrisierende Schauer überwältigten sie, schossen durch ihre Beine, sammelten sich in ihrer Mitte. Dies war pure Lust. Ein Verlangen, von dem sie glaubte, es wäre ein Mythos. Ein Verlangen, das jegliche Gedanken aus ihrem Kopf vertrieb. Zurück blieb nur das Bedürfnis nach Erlösung.

Um sie herum rauschte die Strömung, während er immer und immer wieder in sie stieß. Purer Instinkt forderte sie dazu auf, die Beine enger um ihn zu wickeln. Sie brauchte einen Orgasmus. Eine Erlösung, die sich überwältigender als alles bisher Dagewesene anfühlen würde. Hitze bildete sich in ihr, vereinnahmte sie von Kopf bis Fuß. Gedanken unterschiedlichster Art kollidierten in ihrem Verstand: Sex. *Magie.* Hitze. *Atem.* Leben. *Ja!*

Das letzte Wort schrie sie heraus. Gleichzeitig warf sie den Kopf in den Nacken, als sie von einem Orgasmus erschüttert wurde.

Die Finger des Mannes gruben sich tief in ihre Pobacken und er folgte ihr in die Ekstase.

Augen geschlossen, die Brust schwer hebend, entspannte sie sich in seinen Armen. Ihr Herzschlag pulsierte in ihren Ohren und ihre Gliedmaßen fühlten sich wie Quallen an. Sex mit Eric war nicht besonders aufregend gewesen. Klinisch. Ihr Ziel war es immer gewesen, *ihn* zufriedenzustellen, doch sie selbst hatte nie mit der gleichen Begeisterung gesprochen, wie das so viele Freunde von ihr taten. Jetzt verstand sie, warum um Sex so ein Wirbel gemacht wurde.

Ein muskulöser Arm festigte sich um ihre Taille und das wogende Meer strich ihr die Haare aus dem Gesicht. Sie öffnete die Augen und ihr stockte der Atem. Dann erstarrte sie. Ihr stockte der Atem? Sie atmete! Wie war das möglich?

Die Gewichte um ihren Körper bohrten sich in ihre Haut, als er sie nah an seine Brust drückte. Mit beeindruckender Kraft glitt er mit ihr in den Armen durchs Wasser, seine Aufmerksamkeit auf etwas vor ihm gerichtet. Sie ließ die Augen über seine kurzen Haare und seine nackten Schultern schweifen, über seine Wirbelsäule, wo sich eine Rückenflosse erhob. Eine Flosse?

Sie blinzelte, fragte sich, ob ihr Verstand ihr einen Streich spielte. Hier unten, im Wasser, im trüben Licht.

Wo sie plötzlich in der Lage war, zu atmen! Sie rieb mit einer Hand über ein Schulterblatt, über die Flosse und dann zur ersten grätigen Zacke. Um auch einen Blick auf den Rest seines Körpers werfen zu können, legte sie den Kopf auf die Seite. Panik kletterte ihre Kehle hinauf: Wo dieser Mann eigentlich Beine haben sollte, identifizierte sie einen langen, silbernen Fischschwanz mit einer gefächerten Flosse am Ende. *Dieser Typ hat einen Fischschwanz!*

Gerade hatte sie Sex mit einem Meermann gehabt. Und nun führte er sie in die Tiefen des Ozeans.

ie wärme dieser Frau breitete sich in seinen Adern aus wie eine Droge. Zantu hatte sie strampeln sehen und ihr lediglich aus ihrer Notlage helfen wollen – eine Schwäche, die er von seinem Vater mitbekommen hatte. Das funkelnde Gold um ihren Hals hatte ihn ermutigt, sich ihr zu nähern. Dann hatte sie sich plötzlich wie ein Tintenfisch um seinen Körper gewickelt. Ein extrem heißer Tintenfisch. Augenblicklich war sein Schaft aus seinem Meermannschwanz hervorgetreten. Wie der Stoßzahn eines Narwals, der sich entschlossen durch eine dicke Eisschicht bohrte, hatte er ihre Hitze für sich beanspruchen wollen, bevor sein Verstand in der Lage gewesen war, diesen Moment zu verarbeiten.

Nun gehörte er der grünäugigen Schönheit mit Leib und Seele.

Ganz im Gegenteil zu den promiskuitiven Meerfrauen, die alles anfielen, was einen Penis vorweisen konnte, gingen Meermänner einen Bund fürs Leben ein. Aus diesem Grund war ein Meermann zu endlosen Qualen verurteilt, wenn die Gefährtin ihn immer und immer wieder betrog. Er würde den gezeugten Nachwuchs versorgen, wie das die Männchen bei den Seepferdchen taten, bis auch dieser ihn verließ. Die meisten Meermänner starben an gebrochenem Herzen.

Zantu spannte den Kiefer an und festigte den Griff um seine neue Gefährtin. Er fühlte, wie sie erstarrte; wahrscheinlich wollte sie bereits in die Arme eines anderen flüchten, da sie von ihm bekommen hatte, was sie wollte. Aber das würde Zantu nicht zulassen. Sein Ziel war es, sie an ihn zu binden – so wie er an sie gebunden war.

Er würde einen Weg finden, um ihr sprunghaftes Frauenherz zu fesseln.

Die Frau zappelte in seinen Armen, trat ohne eine Chance auf eine Flucht um sich, als sich ein Abgrund vor ihm öffnete und er in die dunklen Tiefen eintauchte. Dort befanden sich die Nistplätze. Ihre Nägel gruben sich in seine Schultern und ihre nackten Beine rieben über seinen Meermannsschwanz.

Beine.

Niemals hätte er gedacht, dass er sich an eine Menschenfrau binden würde. Meerfrauen verführten ständig Landläufer, doch Meermännern fehlte es an verlockenden Talenten; sie vermieden Kontakt so gut es möglich war. Die alten Geschichten seiner Rasse sprachen immer wieder davon, dass Landläufer es als Steckenpferd betrachteten, Meermänner zu jagen.

Als die Frau weiterhin zappelte, strichen die Löckchen ihres Geschlechts gegen seine Hüfte, heiß und einladend. Sein Schaft zuckte. Er hatte gehört, wie intensiv sich die Verbindung anfühlte und ja, die Anziehung, die er spürte, war so unvermeidlich wie Ebbe und Flut. Er schob sie unter sich und fand ihren Blick. Sie öffnete den Mund, um etwas zu sagen, doch es trat kein Ton hervor. War sie stumm? Fehlte es ihr an Sauerstoff? Die Magie in seinem Kuss hätte ihr die Fähigkeit eines Tiefseebewohners, unter Wasser atmen zu können, verleihen sollen. Bis sich der Mond verdunkelte, würde sie im Genuss dieser Gabe bleiben, danach bedarf es eines erneuten Kusses, damit sie nicht ertrank. Das jedenfalls erzählten die Meerfrauen über männliche Landläufer, die sie verführten. Vielleicht war ein Meermann-Kuss weniger wirkungsvoll?

Nachdem er einen Blick nach vorne gewagt hatte, um sicherzugehen, dass sie sich auf Kurs befanden, senkte er den Kopf und bedeckte ihren Mund mit seinem. Ihre Lippen waren unglaublich weich, glitten über seine, und sie versuchte noch immer, Worte herauszubringen. Ihre Hände wanderten über seine Schultern, zu seiner Rückenflosse. Eine Berührung, die einen ungewohnten Schauer durch seinen Körper jagte. Begierde bündelte sich in ihm und er zog sie näher an sich. Als er seine Zunge an ihren stumpfen Zähnen vorbeigeschoben hatte, waren alle seine Gedanken mit einmal vergessen. Erneut trat sein Schaft hervor, bereit für eine weitere Zusammenkunft.

Ihre Beine trieben in der Strömung. Er schob seinen Meermannschwanz durch ihre Beine und um einen Schenkel, sodass ihre Hüfte enger an seine gedrückt wurde. Ihre Hitze erwartete ihn, feucht und begierig. Tief drang er in sie ein und sie wickelte die Beine um ihn, presste ihre weichen Brüste gegen seine Brust. Ihr Mund schmeckte nach sonnengeküssten Wellen.

Was mache ich denn hier? Der Gedanke gehörte nicht ihm. Heilige Abgründe, er war ihr vollkommen verschrieben. Nur die stärksten Verbindungen erlaubten es einem Meermann, die Gedanken seiner Gefährtin zu hören. Tiefer war eine Verbindung nur dann, wenn auch die Frau die Gedanken des Mannes hören konnte.

Er öffnete die Augen. Vielleicht … Ihre Lider waren geschlossen, ihre Lippen von seinen Küssen geschwollen. *Bleib bei mir*, dachte er. Sie riss den Kopf zurück, formte klanglose Worte und krallte sich mit ihren Händen weiterhin in seine Schultern. Vielleicht hatte sie ihn gehört. Vielleicht auch nicht. Im Moment konnte er nur eines unternehmen: Sie solange halten, so fest, wie er nur konnte.

Genau das tat er, und küsste einen Pfad über ihren Hals. Eine Hand fand ihre Brust, umfasste diese, neckte den Nippel. Sie erschauerte und ihre Nägel bohrten sich tiefer in sein Fleisch. Erneut bebten die Wände ihres Geschlechts um seine Länge. Sein Hoden pulsierte in Vorfreude des herannahenden Höhepunkts, doch er weigerte sich, diesen Augenblick so schnell zum Ende kommen zu lassen. Er zog seine Hüfte zurück, bis sich nur noch die Eichel zwischen ihren Falten verbarg. Er bildete sich ein, sie Wimmern zu hören, dass sie ihn nach mehr anflehte.

Noch nicht. Ich bin noch nicht fertig mit dir.

Sie wackelte mit den Hüften, rieb ihre Klitoris über seine Länge. Ihre Zunge leckte über ihre Lippen, lud ihn ein, von ihr zu kosten. Er widerstand der Versuchung, betrachtete sie, nahm ihren Anblick in sich auf. Seine Kontrolle auf diese Weise zu testen, war beinahe so erregend wie sie zu nehmen. Der Drang in ihm war intensiv, aber nicht überwältigend. Wie war dies nur möglich? Einem Meermann sollte es unmöglich sein, seiner Gefährtin zu widerstehen, wenn auch nur für einen Moment – ihren Reizen so ausgeliefert wie eine Qualle den Gezeiten. Wenn er sich derart zurückhalten konnte, gab es vielleicht noch Hoffnung für ihn.

Dann öffnete sie ihre Augen und ihre Lippen formten nur ein Wort: „Bitte." Oh doch, er war verloren. Mit einem Lustschauer vergrub er sich in ihr, presste seine Hüfte gegen ihre. Sie passte sich seinem Rhythmus an, warf ihren Kopf zurück, bewegte sich mit ihm, bis sich sein Meermannschwanz in Ekstase des Orgasmus fester um ihren Körper wickelte.

Er sackte an ihr zusammen, hielt sie sanft an sich gepresst und erlaubte der Strömung, die Führung zu übernehmen. Fünfunddreißig Jahre lang war er seinem Schicksal entkommen. Dabei hatte er mehrere Angebote abgelehnt. In der letzten Zeit jedoch hatten ihn seine Instinkte immer wieder an den Abgrund geführt. Zum Beispiel zu einer Verführerin mit pechschwarzem Haar und der Stimme eines Orcas. Eine Zauberin mit einer smaragdfarbenen Schwanzflosse und einer goldenen Rückenflosse, die, wie er später herausfinden musste, in ein Liebesserum getränkt gewesen war.

Dennoch war er erleichtert, dass er jetzt eine Verbindung eingegangen war. Nun würde er nicht länger vor Meerfrauen in Angst leben müssen. Keine Fallen, keine Tricks. Mit einem Menschen war es ihm vielleicht möglich, einen Bruchteil an Kontrolle zu behalten. Vielleicht war es ihm sogar möglich, den Verbindungsfluch aufzuheben.

Ein Kampf trug sich in seiner Brust aus, als er seine Gefährtin an sich drückte. Sein Unterbewusstsein war bereits damit beschäftigt, einen Weg zu finden, wie er sich aus ihren Klauen befreien konnte.

Für jetzt jedoch würde er alles Erdenkliche tun, um sie zu beschützen.

rianna trieb so schwerelos durchs Meer wie ein Schnapper, schwelgend in den Nachwirkungen ihres Aktes mit dem Meermann. So archaisch der Sex auch gewesen war, sie empfand es als Liebe machen. Sie könnte schwören, dass er ihr dabei süße Worte ins Ohr geflüstert hatte. Womöglich war es aber nur auf ihr Bedürfnis zurückzuführen, geliebt und geschätzt zu werden.

Sie öffnete schwere Lider, konnte jedoch hinter den Schultern des Meermannes nur dunkle Finsternis erkennen. Vielleicht war dies ein Traum. Vielleicht war sie tot. Konnte man träumen, wenn man tot war? Was auch immer der Fall war, sie wollte nicht aufwachen. Nicht, wenn sich der Tod so gut anfühlte. Mit einem Seufzen wickelte sie die Arme um seine Hüfte und schmiegte sich mit der Wange an seine Schulter. Er roch nach Salz und gleichzeitig nach Kräutern.

Wie er wohl heißt?

Eine Stimme wie ein Lied traf sie: *Zantu.*

Sie kicherte, woraufhin winzige Bläschen ihre Nase kitzelten. *Jetzt höre ich schon Stimmen. Was für ein Name ist bitte Zantu?*

Die Hand, die über ihren Rücken streichelte, erstarrte. Er schob sie von sich weg, um ihr in die Augen sehen zu können, seine Hände wie Krallen um ihre Oberarme. *Du kannst mich hören?*

Seine silberfarbenen Augen glühten wild. Dann grinste er; jeder einzelne perlenweiße Zahn war so scharf wie von einem Raubtier. Wie war ihr das beim Küssen entgangen? Zum ersten Mal verspürte sie in seiner Nähe Angst.

Kannst du mich hören? Wieder schwebte die klangvolle Stimme durch ihren Verstand.

Ein Schauer begann in ihrer Brust und breitete sich bis in ihre Knochen aus. Ihr Herz raste und ihr Sichtfeld verschwamm bei jedem Herzschlag. Dennoch schaffte sie es, ihm zuzunicken.

Er entfernte eine Hand von ihren Armen und strich über ihre Wange.

Beim Anblick der Schwimmhäute zwischen seinen Fingern zuckte sie zusammen. Ein Wort formte sich in ihrem Verstand, als sein rotierender Fischschwanz ihre Aufmerksamkeit erregte: *Monster.*

Seine Hand erstarrte wenige Millimeter über ihrer Haut. Ihr Blick schoss zu seinen Augen, mit der Befürchtung, dass er sie vielleicht gehört haben könnte. Seine Lippen wiesen nicht länger ein Lächeln auf. Seine bleifarbenen Pupillen glühten wie zwei Monde. *Es tut mir leid!,* dachte sie und hoffte, dass er sie hörte.

Er saugte seine Wangen ein, als müsse er sich davon abhalten, etwas zu sagen. Er senkte seine Hand von ihrem Gesicht. *Komm mit.*

Seine andere Hand fand die ihre und er wandte sich von ihr ab. Mit einem kraftvollen Schlag seines Fischschwanzes riss er sie mit sich, zog sie wie Treibgut hinter sich her.

᚛᚜

ZANTUS FREUDE über die Entdeckung der wechselseitigen, telepathischen Verbindung hatte einen Nachgeschmack hinterlassen, der verdächtig nach Möwenspucke schmeckte. Sie sah ihn als Abscheulichkeit? Ein Monster? Natürlich tat sie das.

Ihre Art jagte seinesgleichen. Zwischen ihnen konnte es keine Liebe geben.

Ich heiße Brianna, sandte sie ihm, doch er antwortete nicht. Konnte er nicht. Er musste einen Weg finden, um den unseligen Bund zwischen ihnen zu zerbrechen, bevor er die Geheimnisse des Unterwasserreichs vor ihr preisgab – vor einem Außenstehenden. Niemals durfte es soweit kommen, dass sie ihre Leute zusammenrufen konnte, um seine Rasse bis auf den Letzten zu jagen.

Er spannte die Muskeln seines Meermannschwanzes so stark an, als wäre er auf der Flucht vor den Zähnen eines Killerwals, rauschte durch die Strömung, tiefer und tiefer, an einen Ort, wo er sie im Blick hatte, während er sich einen Plan ausdachte. Normalerweise brauchte er für diese Strecke nur eine vierteltägige Gezeit, doch das zusätzliche Gewicht seiner Gefährtin bremste ihn aus. Er musterte das Wasser vor ihm, immer auf der Hut vor Haien und anderen Raubtieren, die sich sein Handicap zu Nutzen machen würden.

Ein trällerndes Lachen erregte seine Aufmerksamkeit, gefolgt von drei hohen Noten und einem tieferliegenden Vibrieren, das auf eine Fischharfe hinwies. Seine Rückenflosse knickte ein. Meerfrauen. Melodien schwangen durch das Wasser, ein vertrauter Takt, eine Magie, die verführen wollte. Er kannte diese

Stimme. Loia. Schon zuvor hatte sie versucht, ihn in ihren Bann zu ziehen, und hätte es beinahe geschafft. Nunmehr fühlte er nur noch eine schwache Andeutung dieser Macht in ihrem Lied. Die Verbindung war festgelegt und eine Beeinflussung war nicht länger möglich.

Seine Rückenflosse schnappte in die Höhe, aufrecht und stolz. Ruckartig änderte er die Richtung, direkt auf die Musik zu. Er konnte es kaum erwarten, ihren Gesichtsausdruck zu sehen, wenn er ihr sagte, dass er niemals ihr gehören würde.

Inmitten einer Schar aus winzigen, silbernen Fischen erblickte er den kurvigen, grünen Meerfrauenschwanz der Sängerin. Die Fische schwammen und funkelten im Rhythmus ihres Liedes, fallend und hebend und drehend, wirbelten sie in ihrem magischen Kraftfeld. Ihre Haare schwebten nach oben wie indigofarbene Seefächer, ihre Brüste hingegen, blass wie Alabaster und gekrönt von violetten Nippeln, sollten ihn wie einen Köder anlocken. Sinnliche Lippen in der Farbe des Seefächers sangen von ekstatischen Versprechungen.

Seine Kehle schnürte sich zu. Ihre Magie war stark. Trotz des Bundes zu seiner Gefährtin riss das Lied der Meerfrau an ihm, brannte in seinem Blut und brachte seinen Schaft zum Zucken, ganz im Rhythmus der tanzenden Fische.

Sie bemerkte ihn. Ihre goldenen Augen verengten sich und ihre Lippen formten sich zu einem raubtierartigen Grinsen, während sie mit ihrem Lied fortfuhr. Ihre Finger liebkosten die Saiten ihrer Harfe, entlockten dem Instrument Töne, die von Liebe und Begierde sprachen.

Die Hand seiner Gefährtin festigte sich um seine Finger. Für einen kurzen Moment hatte er vergessen, dass sie da war. Sein Herz hämmerte gegen seine Rippen. Er war sicher. Das Lied konnte ihm nichts mehr anhaben. Schließlich hatte er jetzt seine Gefährtin. Er legte einen Arm um ihre Taille, zog sie eng an seine Seite, und verspürte Genugtuung, als er die Eifersucht auf Loias Gesicht entdeckte.

„Zantu, was hast du mir mitgebracht?", sang sie. „Eine kleine Köstlichkeit?"

Er zog seine Frau enger an sich. „Ich habe meine Gefährtin gefunden. Du hast keine Macht mehr über mich, Loia."

Der Fischschwarm um sie verlor für einen kurzen Moment seine Formation, bevor sie sich neu einfanden und wie Millionen winziger Messer auf das Kommando zum Angriff warteten. „Du kannst dich nicht mit einem Menschen binden. Ein Schwanzschlag und ihr Leben ist vorüber."

„Nur, weil du sie zum Ertrinken zurücklässt, Loia. Mit einem gebrochenen Herzen."

Die Meerfrau löste ihren Schwanz aus der zusammengerollten Position und schob ihre Brüste verführerisch nach vorn. „Warum solltest du sie wollen? Sie kann kein Verstecken im Algenwald mit dir spielen. Oder durch die Tiefen des Canyons mit dir schwimmen. Und sie kann auch nicht singen, wenn du einen harten Orgasmus hast. Sie kann nicht mal einem Haiangriff entfliehen. Ein Mensch ist kein passender Gefährte für unsereins. Nicht mal als Spielzeuge sind sie lange zu gebrauchen."

„Das weißt du doch gar nicht", zischte er. Ein winziger Fisch berührte seinen Arm und er schüttelte ihn von sich. „Meerfrauen haben kein Interesse an Gefährten." Dennoch machte sich Sorge in ihm breit. Wie sollte er eine menschliche Gefährtin beschützen, wenn Raubtiere in ihre Nester einfielen?

„Natürlich haben wir Interesse an Gefährten, Zantu." Ihr Grinsen entblößte messerscharfe Zähne – bereit, ihn zu verschlingen. „Wir beschränken uns eben nicht nur auf einen. Eine Schande, dass du niemals die wahre Lust kennenlernen wirst, nur die tollpatschigen Gliedmaßen eines Landläufers. Oder … vielleicht mag sie es ja auch, zu spielen?" Loia drehte sich um ihre eigene Achse, wirbelte ihren Kopf herum und fand wieder seinen Blick. Während der Drehung hatte sich ihre Spalte geöffnet – eine pinke Einladung zu ihrer Vulva. „Menschenmänner sehen gerne zu, wenn andere kopulieren. Ich könnte es ihr zeigen – und dir –, was eine echte Frau mit einem Mann tun kann."

Etwas rieb sich an der Stelle, wo sich sein Schaft verbarg. Er senkte den Blick: Zwei winzige Fische rieben sich an ihm. Er hob erneut den Blick und musste erkennen, dass der Fischschwarm sie wie ein Netz umzingelte.

Loia leckte sich über ihre Lippen, rieb mit den Händen über ihre Brüste und zwickte in ihre violetten Nippel. Eine Hand wanderte nach unten und fand ihre geschwollenen Falten. Der Duft ihrer Erregung schwappte in dem Gefängnis aus ihren Lakaien zu ihm.

Trotz seiner Verbindung mit Brianna zeigte die übertriebene Sexualität von Loia ihre Wirkung. Es fehlte nicht mehr viel und seine Länge würde aus der beschützenden Umhüllung herausspringen. Sein Kopf drehte sich. Er konnte nur daran denken, seinem Verlangen nachzugeben.

Brianna schlug nach einem Fisch nah an ihrem Gesicht und schmiegte sich enger an ihn, presste ihre Wange an seine Schulter. *Ich will nach Hause.*

Diese Worte holten ihn schneller zurück als der Angriff von Muränen. Sie wollte ihn verlassen. Er wickelte beide Arme um sie und brachte Abstand zwischen sich und Loias Verführungsbemühungen. Wenn er seine Gefährtin behalten wollte, war es nicht besonders klug, Loias Gesellschaft zu suchen. „Finde einen anderen Mann, den du ruinieren kannst", rief er.

Ihre blasse Haut wurde grell und sie riss ihren Mund bedrohlich auf, zeigte jeden einzelnen ihrer haiartigen Zähne. „Du kannst sie nicht behalten!", schrie sie.

Brianna zappelte in seinen Armen, ihre Beine traten um sich, als würde sie davonschwimmen wollen. Ihre schmalen Schultern fühlten sich unter seinen Händen zerbrechlich an, und doch weigerte er sich, sie gehen zu lassen. Der Geruch nach Blut erreichte seine Nase. In seinem Kopf hörte er Briannas panische Schreie: *Meine Beine!*

Er lockerte seinen Griff und sah, dass ihre untere Hälfte von Loias Armee aus Fischen umzingelt war. Eine Wolke aus rosafarbenem Wasser umgab sie. *Sie beißen meine Gefährtin!* Das Blut würde jedes Raubtier in der Umgebung anlocken. Zorn erwachte in ihm und er öffnete den Mund weit, um ein tiefes, abwehrendes Klangfeld zu erzeugen.

Die Fische flohen.

4

Die plötzlich von Zantu ausgestoßene Baritonnote stand in einem starken Kontrast zu der Tenor-Arie, die er mit der Meerfrau ausgetauscht hatte und hallte noch immer in Brianna nach. Er pumpte mit dem Meermannschwanz und eine Wasserwoge zwang sie, die Augen zu schließen, als sie die singende Loia und ihre aggressiven Haustiere zurückließen.

Briannas Haut juckte und brannte, wo die winzigen Fische an ihr geknabbert hatten. Jedoch schwamm er so schnell, dass sie sich nicht die Wunden ansehen konnte. Sie schmiegte ihre Wange an seinen warmen Hals und krallte sich an ihm fest. Die beeindruckende Performance der Meerfrau war mit jeder Note merkwürdiger geworden. Die abschließende, sexuelle

Demonstration ließ keinen Zweifel daran, was die Kreatur wollte. Und die lästigen Fische hatten eindeutig gezeigt, wie verzweifelt sie Brianna von der Bildfläche haben wollte.

Die körperlichen Merkmale des Meermannes hatten ihr Angst eingeflößt. Nun musste sich Brianna aber eingestehen, dass er gerade dadurch in der Lage war, sie zu beschützen. In Erinnerung rieb sie die Schenkel aneinander. Wieso wollte er sie, wenn er doch von einer so verführerischen Kreatur wie dieser Meerfrau begehrt wurde? Sogar Brianna hatte die Anziehungskraft gespürt, und sie hatte sich noch nie zu einer Frau hingezogen gefühlt. Mittlerweile wunderte sie es nicht mehr, dass Seeleute mit dem Ziel in ihren Tod sprangen, diese Wesen zu erreichen.

Sie sah über ihre Schulter, suchte in den trüben Gewässern nach der Meerfrau, die Angst allgegenwärtig, dass sie ihnen folgte, jedoch waren ihre Augen zu schwach, um in dem dunklen Ozean etwas zu erkennen. Die Welt hatte ihre Farben verloren und sich in finstere Töne aus Schwarz und Grün verwandelt. Ein Fischschwarm schwamm vorbei, speerförmige Körper bewegten sich als Einheit. Vor ihnen erhoben sich Stängel vom Grund, die einen beweglichen Vorhang bildeten, darin verwoben Meeresbewohner, die in der Strömung wogen.

Zantu passte seinen Griff um ihre Taille an, was sie zum Beben brachte. Unter ihren Fingern konnte sie seinen Herzschlag fühlen, als er sie tiefer und tiefer in die Dunkelheit zog. Die Art und Weise, in der sein Fischschwanz gegen ihre Beine und ihren Venushügel stieß, erinnerte sie an den Sex mit ihm. Sie sehnte sich nach mehr. Dennoch zeigte er kein Interesse daran, eine kleine Pause für ein Tête-à-Tête einzulegen.

Sie schwammen über Steinformationen mit farbenfrohen Seesternen und Anemonen. Dann schoss er durch den Seetang-Wald, an einem riesigen schwarz-roten Fisch mit einem offenstehenden Maul vorbei, über einen Aal hinweg, der aus einer Höhle in den Steinen hervorlugte. Hier schien der Wald weniger dicht besiedelt, wodurch mehr Licht den Grund des Meeres erreichte. Oder befanden sie sich in flacheren Gewässern? Sie hob den Blick, betrachtete das Verdeck aus Seetang-Blättern, das in der Strömung trieb, konnte jedoch nicht erkennen, wie groß die Entfernung war.

Wohin bringst du mich?

In Sicherheit.

Seine Worte milderten den Druck in ihrer Brust. Zuvor hatte sie befürchtet, dass er, nachdem er seine Lust befriedigt hatte, nun eine andere Art Hunger entwickeln würde. Ein Hunger, bei dem seine messerscharfen Zähne zum Einsatz kämen.

Er bremste ab und schob sie an den Oberarmen von sich. *Ich bin kein Monster.*

Sie hatte ein schlechtes Gewissen, durch das sie am ganzen Körper rot anlief. Diese Wir-können-die-Gedanken-des-anderen-hören-Sache war wirklich unheimlich. *Tut mir leid. Ich weiß einfach nicht viel über dich oder deine Art.*

Wir meiden die Menschen. Ihr seid gefährlich.

Ein Kichern, das sich in Form von Bläschen aus ihrem Mund löste, war ihre Reaktion auf seine Worte. Hier unten, tief am Grund des Meeres, wurde sie von einem Wesen mit scharfen Zähnen, Schwimmhäuten zwischen den Fingern und einem Fischschwanz anstatt von Beinen als Gefangene gehalten, und dennoch behauptete er, dass er Angst vor ihr hatte. Doch was sie noch mehr schockierte: Dass sie mit einem Blick in seine silbernen Augen erkannte, wie ernst er es meinte.

❊❊❊

Zantu festigte den Griff um seine Gefährtin und schoss wie ein Torpedo auf die Nistplätze zu. Briannas ungefilterte Gedanken erreichten ihn in unregelmäßig und teils unberechenbaren Wellen.

Manchmal offen für Neues und dann wieder angsterfüllt. Das konnte er sich nicht erklären. Ihre Panik löste die größten Wellen aus. Ihre Neugierde. Und ihre Erkenntnis darüber, wie nah sie ihm war. Die Verbindung machte ihn wahnsinnig, zugleich jedoch beruhigte sie ihn. Zwar hielt sie ihn für ein Monster, trotzdem wollte sie ihn so verzweifelt wie er sie – jedenfalls für den Moment. Würde ihr Interesse irgendwann wie bei den Weibchen seiner Art erlöschen?

Vor ihnen schwangen die Algen rhythmisch zwischen glitzernden Lichtsäulen. Ohne anzuhalten, zog Zantu sie durch das Blattwerk, sandte akustische Befehle an die Pflanzen und die Kreaturen, um den Weg freizumachen. Jemand, der den Algenwald nicht kannte, konnte schnell verloren gehen, doch er kannte den Weg wie seinen eigenen Meermannschwanz. Stränge der Algen kitzelten seine Haut in Vertrautheit und es lösten sich Bläschen, die sich sogleich an die Wasseroberfläche aufmachten. Brianne drückte sich so fest an ihn, dass er ihren rasenden Herzschlag an seiner Brust spürte.

Die Algen öffneten sich wie ein Vorhang und gaben einen kleinen Zufluchtsort im Meer preis. Wie die anderen Meermänner hatte auch er eine Oase erschaffen, die einer Königin würdig war. Und das, obwohl er immer entschlossen gewesen war, keine

Gefährtin zu akzeptieren. Nisten war eine biologische Notwendigkeit, Gefährtin hin oder her.

Sein Zuhause, eine Lichtung, bestand aus einem Boden mit runden, farbenfrohen Steinen und von den Wellen polierte Muscheln und Glas. Gegenstände, die er in Schiffswracks aufgespürt und liebevoll restauriert hatte, füllten die deprimierende Leere: Ein Tisch aus Palisanderholz mit drei dazugehörigen Stühlen und ein Kosmetiktisch mit einem langen Spiegel, der immer noch das Spiegelbild zeigte. Zusätzlich noch ein Schaukelstuhl, verziert mit glänzendem Perlmutt. Ein Menschenbett mit einem luxuriösen Kopfteil hatte in einer Nische Platz gefunden, bei dem die Matratze ausgetauscht und durch weiche Schwämme ersetzt worden war. Am Fußende stand eine Truhe mit weiteren Schätzen, die er über die Jahre gesammelt hatte. Um den Bereich hatte er zudem einen Garten aus essbarem Seegras, dekorativen Seefächern und Steinen, auf denen indigoblaue und smaragdgrüne Muscheln lagen, angelegt.

Seine beeindruckendste Kreation befand sich in der Mitte seines Nests und wartete auf den Tag, an dem Zantu seine Freiheit verlor: Gestützt von lebendigen Korallen schwang eine Krippe in der sanften Meeresströmung.

In seinem Verstand schwammen Briannas Gedanken wie wild durcheinander, ohne dass er sie interpretieren konnte. Vielleicht lernte sie gerade auch, ihre Gedanken zu verschleiern. Irgendwann brauchte es einen Filter. Auch wenn er nur dazu gebraucht wurde, um den Partner nicht ständig mit detaillierten Eindrücken abzulenken.

Er setzte sie auf den Schaukelstuhl und durch die Gewichte um ihre Hüfte blieb sie an Ort und Stelle. Dann schlug er einmal mit seiner Schwanzflosse, um eine halbe Schwanzlänge auf Abstand zu gehen. Er drehte sich um seine eigene Achse, damit er einen Blick auf die Wand aus Algen werfen konnte, die seine Gefährtin einfassten. Loias Lakaien sollte es nicht möglich sein, in den Algenwald zu gelangen, trotzdem durfte er es nicht riskieren, dass sie – und damit auch Loia – ihnen an diesen Ort folgten.

Zufrieden, dass sie allein zu sein schienen, wandte er sich seiner neuen Gefährtin zu und ließ den Blick auf eine, wie er hoffte, unbefangene Weise über ihren Körper schweifen: Ihre Haare, kürzer als die einer Meerfrau und nicht so farbenfroh, schwebten in einem dunklen Heiligenschein um ihren Kopf. Ihre grünen Augen erinnerten ihn an das Sonnenlicht, das es durch die Algen schaffte. Sonnengeküsste Arme und Beine verliefen zu einem blassen Hautton an ihrem Rumpf. Ihre korallfarbenen Nippel thronten über ihrem flachen Bauch und die Löckchen zwischen ihren Schenkeln hatten eine erregende Wirkung auf seinen Schaft. So endete sein Blick schließlich bei ihren Beinen und den lackierten Nägeln an ihren Füßen.

Ein Mensch.

Er war einen Bund mit einem Landläufer eingegangen.

War das in der Geschichte der Meerleute schon mal vorgekommen? Sicher, Meerfrauen verführten Menschenmänner, aber sie gingen keinen Bund mit ihnen ein. Nicht mit Meermännern und schon gar nicht mit Landläufern. Der einsiedlerische, leicht verletzbare Meermann schwamm einen großen Bogen um jegliche Art von Frau – bis eine Meerfrau ihn in seine Krallen bekam. *Warum muss ausgerechnet ich es sein, der von einer Menschenfrau verführt wird?* Was hatte sie eigentlich im Meer gesucht?

Sein Blick fiel auf den groben Gürtel um ihre Hüfte. Daran befestigt waren Gewichte, die Fischer verwendeten, um ihre Trophäen ans Land zu ziehen. Diese Art von Männern erwiesen sich niemals als sanft und in der Vergangenheit hatte er vielen Thun- und Schwertfischen geholfen, diesen tödlichen Fallen zu entkommen. Das Seil rieb gegen ihre blasse Haut und hinterließ hässliche Abdrücke. Seitlich konnte er bereits sehen, dass sich blaue Flecken bildeten.

Er zeigte mit einem schwimmhäutigen Finger auf ihre Mitte und schickte ihr: *Warum trägst du das?*

Sie errötete und riss hilflos an einem der Knoten. *Es war ein Fehler.*

Ihr Versuch ließ ihre Brüste beben und er gab alles, um seinen Schaft verborgen zu halten. *Willst du, dass ich es dir abnehme?*

Ja, bitte. Sie sah ihn aus flehenden Augen an, und sofort löste sich seine versuchte Objektivität in Wasser auf.

Okay. Er lokalisierte ein Messer, das er aus einem großen, grünen Stück Meerglas angefertigt hatte. Mit Bedacht, die Klinge von ihr abgewandt, sägte er durch das Seil und die Konstruktion fiel samt Gewichten auf den steinigen Boden.

Davon befreit trieb sie dem Seetang-Dach entgegen, das vereinzelt Sonnenstrahlen zu ihnen durchließ.

Sein Arm schoss nach vorn und wickelte sich um ihre Taille. Er würde sie nicht gehen lassen. Noch nicht. Sicher, irgendwann würde sie ihn verlassen. Das war unausweichlich. Bevor sie das jedoch tat, wollte er ihr zeigen, was es bedeutete, seine Gefährtin zu sein. Was es bedeutete, sich unwiderruflich einem Wesen wie ihm zu verschreiben. Nur unter der Wasseroberfläche wäre ihm dies möglich. Solange sie hier war, brauchte sie ihn.

Er schickte: *Warum bist du zu mir gekommen?*

Ihre Augen fanden die seinen; erneut färbten sich ihre Wangen rot. *Es war ein Unfall.*

Das sieht nicht nach einem Unfall aus. Er zeigte auf den Gürtel. *Dieses Teil war dazu gedacht, dich an den Meeresboden zu binden. Dich zu mir zu bringen.*

Sie presste die Lippen aufeinander und er konnte Pein in ihrem Ausdruck erkennen. *Nein. Das ...* Ihre Hände berührten ihren flachen Bauch und dann verschränkte sie die Finger. *Ich habe versucht, mich umzubringen.*

Eine Sorgenfalte bildete sich. Daraufhin musterte er sie, schätzte ihre Aufrichtigkeit ab. *Was gab es für einen Grund, sterben zu wollen?*

Ihre Schultern sackten zusammen, ihr Körper senkte sich, bis ihre Füße mit dem Steinboden kollidierten. *Es ist eine lange Geschichte. Dämlich, wenn ich ehrlich bin. Die Gewichte sollten mich davon abhalten, meine Meinung zu ändern.*

Erzähl's mir.

Ich habe mein Baby verloren.

Zantus Kiemen flatterten. Meerfrauen sahen Kinder als eine Last an. Etwas, das sie inklusive ihres Gefährten loswerden wollten. Niemals betrauerten sie den Verlust. Doch Brianna war keine Meerfrau. Ihre

Gedanken trafen auf seinen Verstand, eine Welle ungefilterter Sehnsucht.

Er wickelte seinen Meermannschwanz um ihre Knie und zog sie zu sich. *Das tut mir leid.*

Sie hob die Hände und legte sie angespannt auf seine Brust, wie eine Barriere zwischen ihnen, doch sie stieß ihn nicht von sich.

Jetzt wickelte er auch noch seine Arme um sie, streichelte mit den Fingerspitzen über ihren flossenlosen Rücken. Ihr Herz flatterte an seiner Brust und er wurde daran erinnert, wie zerbrechlich sie war – vor allem hier, unter den Wellen. *Bitte versuche nicht nochmal, dich umzubringen.*

Ihre Anspannung löste sich. So nah an ihr konnte er ihren einzigartigen, sonnengesprenkelten Duft wahrnehmen. Ihre Haut strich wie Seide über seine und er spürte, wie sehr sich sein Geschlecht nach ihr sehnte.

Seine Kiemen öffneten sich; er filterte Sauerstoff aus dem Wasser und senkte sein Gesicht auf ihren Hals. Dann spitzte er die Lippen, blies sanft und stieß Bläschen gegen ihr Schlüsselbein. Sie erschauerte. Überraschtes Vergnügen vibrierte über das Band ihrer gedanklichen Verbindung. Ermutigt fügte er Klang hinzu – ein verführerischer Baritonton, den sie bis in die Knochen spüren sollte.

Sie warf ihren Kopf zurück, presste ihre Hüfte gegen seine und er nutzte die Chance, um mit den Fingern ihre Spalte zu erkunden. Schnell fand er ihre süße Klitoris, die wie eine Perle in einer Muschel sehnsüchtig auf ihn wartete. Ihr Geschlecht erhitzte sich bei seinen Berührungen und motivierte ihn, den Rhythmus zu beschleunigen. Er drückte sich gegen ihre Nässe und liebkoste das Nervenbündel, bis es unter seinen Fingerspitzen anschwoll und gierig pulsierte.

Ihre Hände wanderten von seiner Brust zu seinem Rücken. Nippel, so hart wie Muscheln kratzten erregend über sein Fleisch, während sie ihr Geschlecht an seinen Fingern rieb. Seine Erektion hatte sich aus seinem Versteck befreit und pochte im Takt ihrer rotierenden Hüfte. Jedes Mal, wenn sie gegen seine Hüfte stieß, spannte er seinen Kiefer an, um nicht die Kontrolle zu verlieren. Bevor er sich in ihrer Hitze vergrub, wollte er ihr einen Orgasmus entlocken.

Ein kleines Quietschen entrang ihren Lippen in der Form von Bläschen, als ihr Körper unter der Einwirkung eines Höhepunktes erschauerte.

Du wirst mir gehören. Er stieß den Gedanken in ihren Verstand, als er ihre Hüfte zu sich zog. Ihre Beine spreizten sich weit, erlaubten ihm leichten Zugang. Tief in ihr vergraben schwamm er zum moosgrünen Bett. Er wollte sie unter sich, fixiert, damit er sie hart nehmen konnte, um ihre feuchte Höhle mit jedem Stoß für sich zu beanspruchen.

Sie lehnte sich auf den Schwämmen zurück und hob ihr Becken, passte sich seinem Rhythmus an. Regelmäßig lösten sich Bläschen aus ihrem Mund, die seine Wangen kitzelten. Er senkte den Kopf und presste seine Lippen auf ihre. Seine Zunge erkundete ein Lippenpaar, während seine Länge mit dem unteren Paar beschäftigt war. Als sie erneut kam, packte er ihre saftigen Pobacken und stieß ein letztes Mal in sie. Erschauernd vollführten sie zusammen einen Tanz, der sie beide erschöpft zurückließ.

Danach wickelte er die Arme um sie und gestattete sich, zu schlafen.

5

Brianna wachte mit einem schweren Kopf in absoluter Dunkelheit auf. Sie streckte sich und drehte sich zu ihrer Uhr auf dem Nachttisch. Ihre Bewegungen fühlten sich merkwürdig langsam an, gebremst, in Zeitlupe, unsicher. *Was zum ...?*

Erinnerungen überrollten sie wie eine Gezeitenwelle: Die Anlegestelle, der Gürtel mit den Gewichten, das Wasser ... der Meermann. *Meermann?* Der Teil musste ein Traum gewesen sein, ein Hirngespinst, als sie der Tod hinfort gerissen hatte. Sie musste sich im Jenseits befinden. Sie starrte in die tiefe Finsternis, die Schwere des gesamten Ozeans auf ihrer Brust. Das große Nichts. Sie hatte nicht gedacht, dass es sich so ... einsam anfühlen würde.

Ein muskulöser Arm wickelte sich um sie und sie vernahm eine Stimme in ihrem Kopf: *Schlaf noch ein bisschen, kleiner Engelfisch.*

Sie schrie – oder quietschte, der Klang vom Wasser gedämpft – und wehrte sich gegen seine Umarmung. *Oh Gott, oh Gott, oh Gott.*

Es war ein schwacher Klang und erst jetzt hellte sich die Welt um sie herum durch ein lavendelfarbenes Licht auf. Zantus Hände näherten sich ihr. Violettblaues Schimmern wurde in seinen silbernen Augen reflektiert und gab seiner Haut einen ganz besonderen Farbton, akzentuierte die perfekten Muskeln seines Oberkörpers. *Was ist los?,* fragte er.

Ihr anfänglicher Anflug von Grauen wurde durch Ehrfurcht abgelöst. Die unerklärliche Beleuchtung kam gleichzeitig von überall und nirgends, kreierte ein unheimliches Licht wie vom Mond, ohne dass eine Quelle aufzufinden war. Und dann gab es noch dieses gottähnliche Wesen in der Gestalt eines Meermannes, das besorgt auf sie heruntersah und sanft ihre Wange streichelte.

Eine tröstende Melodie pulsierte aus seiner Kehle, beruhigte ihre Nerven. Sie blickte an ihm vorbei und sah, dass das Wasser, das sie umgab, mit winzigen, violetten Diamanten gefüllt war. *So wunderschön.* Sie versuchte, einen der Staubpartikel einzufangen, doch es schlüpfte durch ihre Finger wie Luft. *Was ist das?*

Zantu wickelte den Arm um sie, küsste ihren Hals und blies kleine Bläschen durch ihre Haare. *Landläufer nennen es Plankton.*

Kannst du es nach Belieben an- und ausschalten?

Seine Brust vibrierte mit einem Summen und das Wasser tönte sich schwarz.

Oh, nein, lass es an! Mit den Händen suchte sie nach ihm. Die Dunkelheit, unheimlich und erschreckend, das Unbekannte drohte, sie zu erdrücken.

Du hast mich gebeten, es auszuschalten.

Sie fand einen seiner Oberarme, packte ihn mit beiden Händen, um ihn näher zu sich zu ziehen. *Nein, ich wollte nur wissen, ob du es kannst!*

Er sang und die Partikel erwachten wieder zum Leben. Brianna sah in ein Gesicht, das angefüllt war mit grenzenloser Zärtlichkeit und einem Hauch von Belustigung. Ihr Herz setzte einen Schlag aus.

Er lehnte sich vor und legte seine Stirn an ihre. Die merkwürdige Farbe der Lichtquelle erschwerte es, seinen Ausdruck zu lesen. Die Stimme in seinem Kopf jedoch strotzte vor Aufrichtigkeit, nach der sie sich schon so lange gesehnt hatte. *Ich werde dich beschützen. Immer.*

Sie hob die Hand und streichelte mit den Fingerknöcheln über seine Wange, genoss seine samtweiche Haut entlang seines Kiefers. Gott, sie glaubte ihm.

In dem Moment knurrte ihr Magen.

Und ich werde dich füttern. Sein Glucksen passte zu dem Schwung seiner Lippen.

Eine Sehnsucht nach Nachos ergriff sie. Oder nach gebratenem Hähnchen. Sie leckte sich über die Lippen. Was aßen Meermänner? Rohen Fisch? Sushi hatte sie noch nie gemocht. Bei halbgarem Steak wurde ihr schlecht.

Keine Bange, kleiner Engelfisch. Wir sind zum Großteil Vegetarier. Setz dich. Er zog einen Stuhl von dem Palisanderholz-Tisch weg.

Bisher hatte sie sich nur mit seiner Hilfe durchs Wasser bewegt. Nun schwamm sie, wenn auch noch etwas schwerfällig, zu ihm und nahm Platz. Glücklicherweise hatte er ihr dabei nicht zugesehen.

Stattdessen hatte er sich mit einem Messer zum Ende der Lichtung begeben, um Seegras zu sammeln, so wie andere undefinierte Dinge, die er zusammen mit dem Seegras in eine Muschelschüssel legte. Sie beobachtete ihn bei der Arbeit, wie sich die Rückenmuskeln und seine Oberarme anspannten und wieder entspannten. Auch sein kräftiger Fischschwanz war mit Muskeln durchzogen, wodurch eine kleine Bewegung ausreichte, um ihn durchs Wasser gleiten zu lassen. Das war das erste Mal, dass sie ihn betrachten konnte, ohne dass er ihren Blick erwiderte. Sie wollte die Hand ausstrecken und die verletzlich aussehende Flosse am Ende seines Schwanzes berühren. Sie wollte, wie sie vermutete, die kleinen Schuppen auf seinem Körper erkunden und herausfinden, wo er seinen Penis versteckte, wenn sie nicht gerade Liebe machten.

Das kann ich dir vorführen, wenn du willst.

Ihre Haut erhitzte sich vor Verlegenheit, während ihre Pussy gierig pulsierte. Sie hatte vergessen, dass er so ziemlich alles hören konnte, was sie dachte.

Er sah über seine Schulter und zwinkerte ihr zu. *Das muss dir nicht peinlich sein, kleiner Engelfisch. Es gefällt mir, dass ich deine Gedanken höre.* In einer geschmeidigen und fließenden Bewegung kam er auf sie zu und stellte die Muschelschüssel vor ihr ab. *Wie sehen die Männer auf dem Land aus?*

Nicht wie du. Das Zittern in ihren Gedanken verstärkte sich. Ihm musste auffallen, wie unangenehm ihr diese

Unterhaltung war, dennoch weigerte sie sich, den Blick von ihm abzuwenden.

Was ist so anders? Er näherte sich, schwebte nur wenige Zentimeter von ihr entfernt. Ihr Blick fiel auf seine Bauchmuskeln, die erotisch tanzten, solange er mit seiner Schwanzflosse wedelte. Seine Hände legte er auf seine Rippen und fuhr langsam zu seinen Hüften. Ihre Augen folgten dem Pfad, direkt zu dem Ort, wo sein Penis sein sollte. Sie sah eine Beule, als wäre sein Schaft von einer zu engen Jeans bedeckt.

Seine Gedanken trafen sie und liebkosten sie, zogen sie in den Bann. *Berühre mich.*

Sie schluckte schwer, streckte eine Hand aus und strich mit den Fingerspitzen über die Beule. Eine Note, die verdächtig nach einem befriedigten Seufzen klang, jagte durchs Wasser. Von seiner Reaktion angetrieben, legte sie ihre Hand auf ihn, überrascht von der Hitze an ihrer Haut. Wie weich er sich anfühlte. Sie hatte Schuppen erwartet, stattdessen fühlte sich die Stelle so samtweich an wie sein Oberkörper.

Nur Fische haben Schuppen. Begierde färbte seine Gedanken.

Was bist du dann?

Bin ich kein Mann?

Sie rieb über seine pulsierende Beule, ihre Spalte sofort heiß und feucht. Fisch oder Mann, sie wollte ihn.

Wie durch Zauberhand teilte sich die Haut unter ihren Fingern und entblößte einen dunklen, harten Schwanz. Ihre Hand legte sich um das samtweiche Fleisch und entlockte der Spitze einen glitzernden Tropfen. Ohne nachzudenken, lehnte sie sich vor und nahm ihn in ihren Mund. Er schmeckte nach Salz und Moschus und ja, nach Mann.

Stöhnend packte er ihre Schultern. *Was machst du nur mit mir?* Sein Gedanke war von Lust durchtränkt.

Erfreut, dass sie ‚sprechen‘ konnte, während sie ihm Vergnügen bereitete, umkreiste sie seine Spitze mit der Zunge und entsandte ihm folgende Worte auf telepathischem Weg: *Ich beanspruche dich für mich.*

Seine Hände an ihren Schultern festigten sich. *Verspotte mich nicht.*

Die Dringlichkeit in seinen Emotionen erreichte sie durch die herangewachsene Verbindung so intensiv wie nie zuvor. Entblößt und verletzlich. Seine Begierde war blendend und doch sah sie einen Schatten, der sich durch eine Mischung aus Wut und Hoffnungslosigkeit definierte. Gefühlsregungen, die sie in dem Zusammenhang nicht verstand. Sie legte ihre Hände auf seine Hüften, zog ihn zu sich und richtete ihren Kopf aus, um ihn tiefer in sich aufzunehmen.

Er stöhnte, seine Finger krallten sich in ihre Schultern, als sie ihn tief in den Mund saugte. In ihrer Kehle fühlte sie den Saft seiner Erlösung. Ein paar Sekunden später glitt er aus ihr heraus und er riss sie vom Stuhl an seine Brust. *Ich werde dich nicht gehen lassen. Niemals.*

Die Aussage warf sie aus der Bahn. Überraschte sie. Ihr war gar nicht der Gedanke gekommen, Zantu zu entfliehen – nicht, seit der furchtbaren Sache mit der Meerfrau. Und auch nicht, weil sie sich in den Tiefen des Meeres befand. Sie vertraute ihm. Schließlich hatte er ihr das Versprechen gegeben, sie zu beschützen. Bei ihm hatte sie das Gefühl, sicher zu sein. Sie fühlte sich umsorgt.

Er presste die Lippen auf ihre und ihre Brüste kollidierten mit seinem Oberkörper. So verschlang er sie, mit tiefen, verlockenden Stößen seiner Zunge. Hätte sie gestanden, so wäre sie in die Knie gegangen. Hier im Meer forderte das Wasser sie zu einem Tanz auf, ohne dass es großer Anstrengung bedurfte.

Sein Schaft pulsierte an ihrem Bauch, und wie zuvor benutzte er seinen Fischsc … – seinen Meermannschwanz, um ihre Beine zu spreizen. Sie schob eine Hand zwischen sie, griff nach ihm und führte seine Länge zu ihrem Eingang. Sie sehnte sich nach ihm. Sie sehnte sich danach, dass er sie füllte. Seine Bauchmuskeln an ihrer Haut, im Zusammenspiel mit dem Wasser, entfachten ein grenzenloses Verlangen in ihr.

Eine Hand von ihm wanderte über ihren Rücken zu einer Pobacke. Er packte fest zu und stieß hart in ihre Hitze. Dort hielt er inne, tief und pulsierend, während seine Zunge ihren Mund erkundete.

Sie wickelte die Beine fest um ihn. Der nahende Orgasmus erhob sich über sie beide wie eine Welle, der niemand entkommen konnte.

Sein neckender Rhythmus verlangsamte die Welle. *Du gehörst mir.*

Bitte, bitte, flehte sie ihn an, unfähig, einen zusammenhängenden Gedanken zu formen.

Sag mir, dass du mir gehörst. Er festigte seine Hand auf ihrem Po, knetete ihr Fleisch, und traf dabei Stellen, die ekstatische Lust in ihr entfachten.

Sie warf den Kopf in den Nacken, hob ihm ihr Becken entgegen, auf der Suche nach Erlösung. *Ich gehöre dir! Bitte!*

Befriedigung füllte seinen Kopf und erneut stieß er hart zu, mit dem Ziel, sie und sich selbst in Ekstase zu versetzen. Er zog sich zurück, nur um sich abermals in ihr zu vergraben, wieder und wieder, bis die Welle über ihnen einbrach und sie in einen schwindelerregenden Höhepunkt schickte.

❦❦❦

BRIANNAS KOPF SUMMTE. Es erinnerte sie stark an den Vogelgesang am Morgen vor ihrem Schlafzimmer: Geträller von links, bassunterlegtes Johlen von rechts oben und ein unheimlicher Tenor-Unterton, der sich immer wieder senkte und hob. Alle diese Töne kamen von Zantu.

Am Ende der Lichtung saß er auf dem muschelbedeckten Boden, sein Meermannschwanz um ihn gewickelt, und pflegte und hegte die feinen Halme der grellgrünen Seegraswiese. Das Sonnenlicht schnitt in harten Winkeln durch die Seetang-Decke und sandte goldenes Licht zu ihnen.

Noch immer konnte sie nicht glauben, was gestern passiert war, und daher entsandte sie nur ganz vorsichtig einen Gedanken an ihn: *Was ist das für ein Geräusch?*

Der Gruß des Meeres an die Sonne, mein Engelfisch. Komm, deine erste Mahlzeit des Tages erwartet dich.

Sie setzte sich aufrecht hin und erkannte, dass er sie irgendwann in der Nacht zum Bett getragen haben musste. Winzige Bläschen stiegen von den Schwämmen auf und liebkosten ihre Haut. Sie streckte sich und sah sich um.

Ihr Blick fiel auf den Tisch, wo zwei Knochenporzellanteller standen, zusammen mit zwei Gabeln aus – wie es schien – Echtgold. Eine Muschelschüssel wartete in der Mitte auf sie, gefüllt mit Seegras und anderen Dingen, die Zantu als essbar deklarierte. Einiges davon schwebte über der Schüssel, doch der Rest war so viel, dass es als Mahlzeit einzuordnen war. Ihr Magen rebellierte. Noch war sie sich nicht sicher, ob sie bei Geschmack auf den gleichen Nenner kamen. Mittlerweile war sie jedoch so hungrig, dass sie so ziemlich alles essen würde.

Sie stieß sich vom Bett weg, ihr Ziel der Tisch, und erkannte, dass sie – zumindest in Zeitlupe – laufen konnte, sobald sie sich entspannte. Die Muscheln und Steine unter ihren Füßen waren überraschend rau und von solider Beschaffenheit, sodass sie es problemlos an ihr Ziel schaffte. Sie setzte sich und bewunderte das Gedeck.

Ist das echtes Gold? Sie griff nach einer der Gabeln.

Sie gehörten meinem Vater. Zantu kam zu ihr und glitt auf den Stuhl neben ihr. *Er hat sie vor vielen, vielen Jahren in einem Schiffswrack gefunden.*

Du hattest einen Vater? Der Gedanke war ausgesendet, bevor sie sich über die Dummheit dieser Frage nurmehr wundern konnte. Obwohl die Worte nicht über ihre Lippen gekommen waren, bedeckte sie ihren Mund, ihre Augen weit aufgerissen. Was für eine unhöfliche Frage! Sie hatte einfach nicht erwartet, dass Meerleute Familien hatten. Eigentlich hatte sie noch nie groß über Meerleute nachgedacht. Zumindest nicht bis gestern.

Natürlich haben wir eine Familie. Na ja, jedenfalls Väter und Geschwister.

Neugierde kitzelte ihre Gedanken, und sie kämpfte dagegen an. Allerdings machte es den Anschein, dass ihr Verstand nur durch ein Sieb von ihm getrennt war. *Was ist mit deiner Mutter?*

Er benutzte eine kleinere Muschel, um Seegras-Salat auf ihren Teller zu schaufeln, seine Gedanken hielt er dabei offensichtlich zurück. *Meerfrauen haben kein Interesse an ihren Kindern.*

Sie runzelte die Stirn und wusste nicht genau, was sie von dieser Information halten sollte. *Sie bekommen Babys und ... verlassen sie?*

Er zuckte mit den Achseln. *Die Väter kümmern sich um den Nachwuchs.*

Gibt es viele Meermänner? Sie sah sich um, betrachtete die Tang-Wand und glaubte, allein durch Gedankenkraft noch jemanden wie Zantu heraufbeschwören zu können.

Zantu stoppte in seinen Bewegungen und schob ihr dann den Teller vor die Nase, seine silbernen Augen mit einer überwältigenden Intensität auf sie gerichtet. *Andere Meermänner müssen dich nicht interessieren.*

Nachdenklich legte Brianna den Kopf auf die Seite, ein kleines Lächeln zeigte sich auf ihren Lippen. Hatte sie gerade Eifersucht herausgehört? *Angst, dass ich mit einem anderen Meermann durchbrenne? Oder vielleicht einer Meerfrau –*

Darüber macht man keine Scherze.

Sein ernster Ton wischte das Lächeln von ihrem Gesicht. Jetzt erinnerte sie sich an ihr eigenes Eheversprechen und auch an das Ehrenwort, das sie ihrem Vater an seinem Todesbett gegeben hatte, niemals dem Beispiel ihrer Mutter zu folgen. Sie ballte die Hände in ihrem Schoß zu Fäusten und starrte auf den Seegras-Salat vor ihr. *Ich kann nicht bei dir bleiben. Ich bin verheiratet.*

In deiner Welt bedeutet das wenig.

Wut kochte in ihr auf. *Was weißt du über meine Welt? Ich nehme mein Eheversprechen sehr ernst.*

Sogar als sie den Gedanken schickte, wurde ihr bewusst, wie heuchlerisch sie klang. In Wahrheit hatte sie ihre Loyalität zu Eric mit Füßen getreten, als sie entschied, vom Anlegesteg zu springen. Wie ein Feigling hatte sie sich benommen! Und Eric war nun genauso allein, wie ihr Vater das einst gewesen war. So hätte sie sich letztendlich auch von ihm scheiden lassen können.

Zantu legte seine schwimmhäutige Hand auf ihre. *Für einen Meermann ist die Verbindung mit einer Gefährtin für die Ewigkeit.*

Sie betrachte ihn aus den Augenwinkeln. *Meintest du nicht, dass Meerfrauen verschwinden?*

Sein Kiefer zuckte. *Trotzdem wird ein Meermann dieser Meerfrau bis zum Tod treu bleiben.*

Bis zum Tod. Allein wie er Gefährtin aussprach, zeigte, dass diesem Wort so viel mehr Bedeutung inne steckte. Bewunderung. Gewissheit. Trauer. Und trotz der Widersprüchlichkeit verstand sie es: Die Hoffnung, die er mit diesem Wort verband, konnte niemals erfüllt werden. Die unausweichliche Einsamkeit, die bei einem Leben mit der falschen Person entstand ... Gefangen in einer Ehe mit einem kalten Fisch wie Eric ...

Ihr Blick wanderte an Zantus Schulter vorbei, zu der Krippe in der Mitte seines Nestes. Eine Babykrippe in der Behausung des Meermannes. Hatte eine Gefährtin ihn mit einem Baby zurückgelassen? Warum sollte er sonst eine Krippe haben? Ein Anflug von Eifersucht machte sich in ihr breit, als sie sich ihn mit einer wunderschönen Meerfrau vorstellte. Wahrscheinlich so umwerfend wie die Meerfrau von gestern. Ihr wurde übel. Warum war sie hier? Wollte er, dass sie seinen Nachwuchs aufzog, den eine andere Frau verstoßen hatte?

Eine tröstende Melodie drang durchs Wasser und stoppte ihre Gedanken. *Brianna, du bist meine Gefährtin.*

Ihre Augen schossen zu seinen. Sie blinzelte verwirrt. *Ich? Gefährtin?*

Du hast mich verführt und jetzt gehöre ich dir.

Ich habe dich verführt? Du hast mich geküsst!

Die Spitzen seiner Rückenflosse verdunkelten sich von einem Silberblau zu einem Mitternachtsschwarz. *Ich habe dich nur geküsst, um dir genug Leben einzuhauchen, damit du ohne Hilfe die Wasseroberfläche erreichst. Du bist diejenige, die ... die ... ihre Beine um mich gewickelt und mich für sich beansprucht hat.*

Entrüstet schoss sie auf ihre Füße, wodurch sie einige Meter nach oben schwebte. *Nennst du mich eine Schlampe?*

Er umfasste ihr Handgelenk und zog sie zum Grund zurück. Seine silbernen Augen bohrten sich mit erschreckender Intensität in ihre. *Ich weiß nicht, was eine Schlampe ist. Ausgehend von deinem Ton nehme ich an, dass es etwas Schlechtes ist. Also nein, ich bezeichne dich nicht als Schlampe. Ich möchte einfach nicht, dass du meinen selbstlosen Akt, dich zu retten, falsch interpretierst.*

Selbstloser Akt? Sie hob den Zeigefinger und wollte damit vor seinem Gesicht umherwedeln, doch das Wasser raubte der Geste seine Wirkung. *Du hast mich zu einer Sklavin gemacht!*

Wir haben keine Sklaven. Der Griff um ihr Handgelenk festigte sich, beinahe schmerzhaft. Sie hörte mehrere Klickgeräusche, während seine Brust sich wie bei einer Cobra aufblähte. *Wenn jemand ein Sklave ist, dann ich. In den letzten fünfunddreißig Jahren habe ich es erfolgreich geschafft, den verführerischen Liedern der Meerfrauen auszuweichen, nur um von einer ... einer Menschenfrau eingefangen zu werden!*

Sie riss ihre Hand zurück. *Wenn du so über die Menschen denkst, warum hast du mich dann nicht einfach ertrinken lassen?* Sie bereute die Worte bereits, bevor sie den Satz beendet hatte.

Er stieß eine Wolke Bläschen aus und erhob sich über den Tisch. *Vielleicht hätte ich das tun sollen. Denn nun bin ich dazu verpflichtet, dich zu beschützen. Es wäre mir genauso wenig möglich, dich sterben zu lassen, wie unseren eigenen Nachwuchs zu töten.* Ein Schlag seines Meermannschwanzes und er schwebte neben die Krippe, die von Korallen gehalten wurde. *Der Instinkt des Meermannes treibt ihn dazu, einen Nistplatz zu errichten, ob er nun eine Gefährtin in Aussicht hat oder nicht. Vorbereitung ist alles. Er muss sich schließlich trotz des Herzschmerzes um den Nachwuchs kümmern. Wenn du unser Kind auf die Welt bringst, bin ich bereit, es zu umsorgen, ob du nun bei mir bist oder nicht.*

Seine Worte trafen sie wie ein Stein, der über das Wasser hüpfte und erst versank, als die Magie eines solchen Wurfes nicht mehr funktionierte. Er hatte ‚unser Kind‘ gesagt. Konnten Menschen und Meerleute …?

Ich weiß es nicht, antwortete er auf ihre unbeendete Frage. *Meerfrauen gebären Halblinge. Meistens suchen sie dafür einen alten Gefährten auf, um sich dort für die Geburt vorzubereiten und nach einigen Wochen wieder zu verschwinden. Ich nehme an, unser Nachwuchs wird auch ein Halbling sein.*

Er sprach, als wäre Nachwuchs eine ausgemachte Sache. Bestand die Möglichkeit? Ihre Hand wanderte zu ihrem Bauch. Sie und Eric hatten es so lange versucht. Ihre Finger spannten sich an. Nein, nicht wirklich. Sie wusste, dass sie nicht alles gegeben hatten. Mit Zantu hatte sie in den letzten Stunden mehr Sex gehabt, als mit Eric in den vergangenen zwei Monaten.

Die Frage war also nicht, ob die Möglichkeit bestand, sondern ob sie wollte, dass die Möglichkeit bestand.

Sie fand erneut den Blick des Meermannes. Seine silberne Schwanzflosse strich über den Steinboden, während sein Oberkörper in dem gefilterten Morgenlicht glitzerte. Er war ihr Gefährte. Ein Gefährte fürs Leben. Ein Gefährte, der Kinder wollte und geschworen hatte, sie vor allen Gefahren zu beschützen. Er hatte ein Heim vorbereitet, ohne ihr jemals begegnet zu sein. Ihn zu verlassen, wäre der schlimmste Fehler, den sie jemals begehen könnte. Sie lief auf ihn zu. *Willst du ein Kind oder zwei?*

Ein Hochgefühl traf durch ihre Verbindung auf ihren Verstand – eine Verbindung, die sie nun als etwas Besonderes einstufte. Die Art, die Gefährten haben sollten. Er näherte sich ihr langsam, seine silbernen Augen glühten mit einem erregenden Feuer. *So viele, wie du bereit bist, mir zu geben.*

Sie warf die Arme um seinen Hals und küsste ihn.

6

Zantu presste seine Gefährtin an sich, nachdem sie ein weiteres Mal Liebe gemacht hatten. Über der Lichtung im Wasser schwebend wickelte er seinen Meermannschwanz um ihren Unterleib, um so viel Kontakt wie möglich aufrechtzuerhalten. *Wie eine kleine Garnele rollst du dich zusammen,* neckte er.

Durch die mentale Verbindung hörte er sie schnauben. *Ich denke nicht, dass ich mich jemals daran gewöhne, hier so umherzutreiben. Können wir uns ins Bett legen?*

Er schob ihre Haare beiseite, sodass er sie mit sanften Küssen hinter ihrem Ohr verwöhnen konnte. *Mmm, gerade fiel mir auf, dass du etwas anbieten kannst, wozu eine Meerfrau niemals in der Lage wäre.* Mit einer Hand fuhr er über ihren Rücken zu ihrem Po; seine Finger folgten der Spalte, bis er ihr noch immer feuchtes Geschlecht entdeckte. *Wir können es von hinten tun.*

Brianna erstarrte. In Panik, nicht in freudiger Erregung. Er hielt in seinen Berührungen inne. *Sagt dir diese Stellung nicht zu?*

Bist du dir sicher, dass ich mir um andere Meerleute keine Sorgen machen muss?

Seine eigene Sorge, dass er es sich mit dem Vorschlag bei ihr verdorben hatte, wurde von einem Adrenalinschub hinweggespült. Sie dachte bereits an andere Männer. Doch ihre Gedanken waren nicht mit Lust gefüllt ... *Warum fragst du?*

Ich denke, jemand beobachtet uns.

Er löste die Umarmung auf und wirbelte herum, ließ die Augen über den Seetang-Wald schweifen, den Brianna die ganze Zeit im Blick gehabt hatte. Hatte Loia sie aufgespürt? Als er nichts entdeckte, entließ er Schallimpulse und interpretierte die zurückgeworfenen Daten nach Unregelmäßigkeiten. Er kannte diesen Wald wie seine eigenen Flossen.

Es blitzte etwas Silbertürkises auf. Vertraute Farben. Vertraute Form. Die Anspannung in seinen Schultern und in seiner Rückenflosse ließ nach. Er sang ein verspieltes Gurren, eine Einladung: „Ebby, komm raus."

Zwischen den krustigen Steinen erschien ein winziges Gesicht. „Hi, Onkel Zantu."

„Was machst du hier? Wo ist dein Vater?" Das Sonarbild hätte die größere Form eines Meermannes sofort aufspüren müssen, oder zumindest eine singende Antwort heraufbeschwören sollen. Vielleicht hatte sein Bruder Brianna gesehen und war geflüchtet.

Das Meerkind blieb halb versteckt hinter den Felsen und auch von Brianna gingen unruhige Gedanken aus. Er griff nach Briannas Hand und zog sie neben sich, während er gleichzeitig sang, und dachte: „Ebby, das ist Brianna, meine Gefährtin. Brianna, darf ich dir Ebby vorstellen, meine Nichte."

Ebby traute sich heraus, gesprenkelte, türkise Haut vermischte sich mit den dunklen Grün- und Violetttönen der Muscheln hinter ihr.

Oh, mein Gott! Ein Baby! Ein echtes Meer ... Ähm, wie nennt ihr Meerkinder?

Genau so: Meerkinder. Zantu lächelte.

Brianna schnappte sich die Seidendecke aus der Krippe, wickelte sie sich um die Hüfte und näherte sich dem Kind unbeholfen. Vor den Felsen kniete sie sich hin und schickte Zantu die Frage: *Ist es ein Mädchen oder ein Junge?*

Meerkinder sind bis zu ihrer Pubertät geschlechtslos, antwortete Zantu gedankenverloren. Ebby war viel zu jung, um den Wald alleine zu durchqueren. Wo war Rubac? Hatte jemand das Nest seines Bruders attackiert?

„Wirst du jetzt bald so gebrochen sein wie Dad?" Das Kind schob seinen rechten Daumen zwischen die Lippen.

Zantu ignorierte die spitze Bemerkung, von der er wusste, dass es das Kind nicht so gemeint hatte. „Wo ist dein Dad?"

„Bei dem neuen Baby. Ich habe Hunger."

Was sagt das Kleine? In Briannas Gedanken konnte er lesen, dass sie das Kind berühren wollte. Den Abgründen sei Dank hielt sie sich zurück. Was gut war. Meerkinder waren gegenüber Frauen misstrauisch. Und er wollte nicht, dass Ebby panisch in den Seetang-Wald abtauchte. Er gab sich allergrößte Mühe, gleichzeitig zu denken und zu singen, um mit beiden zu kommunizieren.

„Neues Baby? Ist Didra bei ihm?" Meerfrauen tauchten oft schwanger im Nest auf, auf der Suche nach einem sicheren Ort für die Geburt. Danach verschwanden sie, um sich ein neues Opfer zu suchen. Meermänner lebten, ungeachtet ihres darauffolgenden Herzschmerzes, für diese Momente.

„Nein. Sie ist weg." Ebbys Lied erreichte eine höhere Note, die Sorge wiedergab. „Nun weigert sich Dad, aufzustehen, und ich habe Hunger."

Schock machte sich in Zantus Brust breit. Meerfrauen waren vielleicht nicht die besten Mütter, doch normalerweise blieben sie für ein paar Wochen, um das Neugeborene zu stillen – zumindest, bis der Gefährte einen Seelöwen oder einen Otter aufgetrieben hatte, der Milch ebenfalls bereitstellen konnte. Wenn sich Didra wirklich so früh abgesetzt hatte, würde Rubac nicht nur gegen Depression ankämpfen müssen, sondern würde auch vor dem Problem stehen, sein neues Baby zu ernähren. Viele Meerfamilien fanden aus diesem Grund zu einem unschönen Ende.

„Brianna, Ebby ist hungrig", sang und sandte er gleichzeitig. „Wärst du so lieb, ihr etwas zu essen zusammenzusuchen."

Während Ebby Brianna zum Tisch folgte, patrouillierte Zantu am Waldrand und schickte einen Langstrecken-Gesang zu seinem Bruder, um zu fragen, wie es ihm ging. Keine Antwort, weshalb er sich einen kleinen Fisch schnappte, dem er eine Nachricht mit auf den Weg gab, damit sich sein Bruder um Ebby nicht sorgen musste.

Ebbys hohe Beschwerde lenkte seine Aufmerksamkeit zum Tisch. „Fass mich nicht an!" Die Spitzen der Rückenflossen schärften sich wie Krallen bei einer Katze und der gesprenkelte Schwanz hatte sich zu einem dunklen Grau verfärbt.

Brianna streckte ihre Hand aus, ihre Gedanken von Neugierde getrieben, ohne zu ahnen, was das Kind schrie. *Eure Schwänze können die Farbe wechseln?*

Das Kind ist wütend. Zantu schwamm zu dem ungleichen Paar und legte seine Hand auf Briannas. Er hätte sie warnen sollen, auf Abstand zu bleiben. „Ebby, beruhige dich. Sie hat sich nichts dabei gedacht."

Ich wollte keinen Ärger machen. Brianna verschränkte die Hände in ihrem Schoß.

„Ist sie taub?" Ebby trieb rückwärts zum Seetang-Wald.

„Nein." Wieder sang und dachte er seine Worte: „Sie ist eine Landläuferin und kennt unsere Sprache nicht. Willst du mir helfen, sie zu unterrichten? Sie wird dich nicht nochmal anfassen, das verspreche ich."

Ebby stoppte.

„Lass uns mit deinem Namen beginnen." Er sah zu Brianna, zeigte auf das Meerkind und sang: „Ebby."

Brianna verzog das Gesicht zu einer Grimasse. *Du willst, dass ich singe?*

Ja, versuche es. Er nahm ihre Hand und legte sie auf sein Brustbein. Die Note vibrierte erneut aus ihm heraus.

Brianna rümpfte ihre Nase, öffnete den Mund und entließ einen jämmerlichen Laut.

Ebby kicherte.

Ich kann nicht singen. Brianna verschränkte die Arme und sackte niedergeschlagen auf dem Stuhl zusammen.

Du musst die Töne von hier ziehen. Aus Versehen berührte er auf dem Weg zu ihrem Brustbein Briannas Nippel. Gewaltsam musste er seine Gedanken zur Aufgabe zurücklenken. Das Verlangen, das ihn durch die Verbindung erreichte, half auch nicht.

Dann fasste sie begleitet von einem inneren Aufstöhnen neuen Mut. Dieses Mal klang ihre Stimme stärker, jedoch änderte sich nichts daran, wie jämmerlich und schief sie klang.

Er und Ebby lachten, wobei Brianna die beiden wütend anfunkelte. *Du hast gerade einen Seestern gebeten, deinen Bauch zu kraulen.*

Ich habe es ja gesagt: Ich kann nicht singen.

Du brauchst einfach Übung. Versuche, tiefer zu singen, dachte er, woraufhin er erneut Ebbys Namen wiederholte.

Entschlossen entließ Brianna ein langes Grunzen, das hoch begann und dann abfiel, zum tiefsten Punkt des Meeres.

„Oh!" Ebby schoss zu den Felsen und suchte nach Deckung.

Zantu schluckte seinen Unmut herunter. *Du hast gerade einen Barrakuda-Schwarm gerufen.*

Panik kam daraufhin bei ihm an und sie wickelte ihre Arme um ihn, ihr Blick auf den Wald um sie gerichtet. *Oh Gott, wirklich?*

„Es sind keine in der Nähe." Warum war es so schwierig für sie? Ebbys Name war eine einfache Note. Ein Babyname. Er rang seine Gedanken nieder, und hoffte, dass seine Frustration nicht bei ihr ankam. „Ebby, komm raus. Es besteht keine Gefahr."

„Ich will nach Hause."

„Ich weiß. Ich werde dich bald bringen."

„Ich finde den Weg nach Hause schon."

„Ich will nicht, dass du das tust."

Was sagt das Kind?

Ebbys schmale Form flüchtete erneut und duckte sich hinter den Felsen.

„Ebby!"

Die reflektierten Schallwellen des Kindes wurden schwächer. Es sollte nicht allein im Wald umherstreifen. Zudem musste er an Rubacs derzeitige Verfassung denken. Ein neues Baby. Zantu musste sicherstellen, dass es allen gut ging.

Er drehte sich zu Brianna, strich mit den Fingerknöcheln über ihre Wange und küsste sie sanft auf die Lippen. *Ich möchte, dass du hierbleibst. Ich muss nach meinem Bruder sehen.*

Kann ich nicht mitkommen? Ich würde ihn gerne kennenlernen.

Meermänner bringen ihre Gefährtinnen nicht zu anderen Nestern. Das ist verboten.

Warum?

Ich habe keine Zeit, dir das zu erklären. Du musst mir vertrauen.

Bevor sie antworten konnte, schlängelte er sich durch den Seetang, um zu seinem Bruder zu gelangen.

✦✦✦

BRIANNA TRIEB in der sanften Strömung des Nestes, unsicher, was sie nun anstellen sollte. Sie war nicht fähig gewesen, der Unterhaltung zwischen Zantu und dem Kind zu folgen. Sie konnte nur davon ausgehen, dass es in Gefahr war. Der singende Dialog hatte zum Teil Noten enthalten, die in einer so hohen Frequenz gesungen wurden, dass sie sie nicht einmal gehört hatte. Obwohl sie versucht hatte, ihre Gedanken zu Ebby zu schicken, so wie sie das bei Zantu tat, hatte sie keine Antwort bekommen. War es möglich, dass sie das Kind dazu berühren musste? Dumme Idee. Und nun hatte ihr talentfreier Gesang, das Kind für immer in die Flucht gejagt. Sie betete, dass Zantu sie fand, bevor ihr etwas passierte.

Um Zeit totzuschlagen, erkundete sie die Lichtung. Sie fand es bemerkenswert, wie er menschliche Gegenstände mit den Bedürfnissen der Meerleute vereinbarte. Die Schwämme als Matratze, das Perlmutt an den Stühlen. Als ihr langweilig wurde, wollte sie ein Nickerchen machen, doch ohne Zantu als ihren Anker, fühlte sie sich wie auf dem Präsentierteller. Allein.

Sie befand sich auf dem Meeresgrund. Nackt – abgesehen von dem Seidenstoff, den sie aus der Krippe gezogen hatte. Zumindest brauchte sie keinen Sauerstoff. Aber für wie lange? Sie hätte ihn fragen sollen.

Aus dem Seetang-Wald drang ein kontinuierliches Summen und Zwitschern, als wäre es ein stinknormaler Wald mit Vögeln und Insekten.

Die Neugierde packte sie und sie ging zum Waldrand, streckte die Hand aus und schob den Seetang wie einen Vorhang beiseite. Ein orangefarbener Fisch fand ihren Blick. So neugierig wie sie. Er schwebte auf der Stelle und starrte sie erwartungsvoll an. *Ich habe kein Futter für dich, kleiner Kerl.*

Ein weiß-brauner Fisch mit einer spitzen Rückenflosse kam näher und knabberte an dem Orangenen.

Hey! Sei nett!

Ein gefleckter Fisch sprang vor ihr rum und verharrte dann auf Augenhöhe vor ihr, mit Kugelaugen, die sich unabhängig voneinander bewegten und überall hinsahen, nur nicht zu ihr.

Der kleine, orangene Fisch kehrte mit einem Freund zurück und wieder wurde er von dem Braunen attackiert. Der Kleine entließ einen mitleiderregenden Schrei, was Brianna dazu motivierte, sich in den Seetang-Wald zu wagen und zu seiner Rettung zu eilen. *Aufhören!*

Alle Fische flüchteten.

Befreit von den Einschränkungen der Lichtung nutzte sie die Möglichkeit, um sich im Wald umzusehen. Eine Felswand mit kräftigem violetten und rosafarbenen Moosbewuchs erregte ihre Aufmerksamkeit. Sie konnte sich nicht zurückhalten und lief darauf zu. Die Wand wurde von Fischen und anderen Kreaturen bevölkert. Ein lila gesprenkelter Oktopus lugte aus einer Spalte im Felsen hervor, glitt an der Wand herunter und verschwand, als würde er ihren Besuch nicht schätzen. Eine Schnecke mit einer goldenen Behausung bahnte sich einen Weg über eine Felszunge, während rote Garnelen um sie herumschwammen. *Du verstehst, wie unbeholfen ich mich unter Wasser fühle, oder?*, dachte sie, als sie die Schnecke beobachtete.

Etwas pikste in ihre Fußsohle. Sie riss die Knie hoch und erkannte, dass sie auf eine Anemone getreten war. Es brannte wie verrückt. Sie griff ihren Fuß und betrachtete die roten Striemen auf ihrer Haut. Um zu vermeiden, dass sie auf eine zweite trat, wedelte sie wie wild mit den Armen und Beinen und gewann an Höhe. Ohne Zantu an ihrer Seite schien sich ihr Körper instinktiv nach festem Boden zu sehnen. Sie sollte ab sofort darauf achten, ihre Umgebung besser im Blick zu haben.

Ein kleiner Hai schwamm im Zickzack an ihr vorbei und schreckte sie auf. Sie schluckte schwer und fragte sich, ob sich auch größere Arten hier rumtrieben. Dann drehte sie sich mit dem Rücken zur Felswand und entschied, lieber zum Nest zurückzukehren. Außerdem schmerzte ihr Fuß wirklich sehr.

Leider musste sie erkennen, dass sie nicht mehr wusste, welchen Weg sie einschlagen sollte. Seetang überall. Wie weit war sie aus dem Nest herausgetreten? *Du bist so dämlich, Brianna. Er hat dir doch gesagt, dich nicht vom Fleck zu bewegen.*

Der gefleckte Fisch mit der spitzen Rückenflosse war zurück und stupste sie an ihrer Hand an. Sie riss den Arm weg von ihm, musterte ihn einige Sekunden. Nach dem Vorfall mit der Anemone war sie vorsichtiger geworden. Doch dieser Fisch schwebte einfach nur vor ihr, Augen in verschiedene Richtungen zeigend – wie ein Bodyguard, der abgestellt wurde, um sie zu beschützen.

Vielleicht wäre es ihr möglich den Riss in der Felswand wiederzufinden, aus dem der Oktopus gekrochen war. Von dort aus wäre sie möglicherweise in der Lage, wieder zur Lichtung zu finden. Sie schwang die Beine, ihre Gliedmaßen müde von der Anstrengung, dem Boden fernzubleiben. Was sie nicht alles für eine Schwimmweste geben würde …

Sie hob den Blick in die Höhe. Wenn sie die Wasseroberfläche durchbrach, wäre sie dann in der Lage, Sauerstoff zu atmen? Würde sie ihre Fähigkeit, unter Wasser zu atmen, verlieren? Sie könnte sich kaum noch an den Grund erinnern, sich umbringen zu wollen. War das wirklich erst einen Tag her? Nun hatte sie sich einen Unterwassergott als Liebhaber geangelt. Einen Gefährten. Sie konnte sich die Ewigkeit mit ihm vorstellen, eine Ewigkeit in seinen Armen. Und warum auch nicht? Ihr kalter Fisch Eric dachte wahrscheinlich, dass sie tot sei. Zu ihm zurückzugehen, würde nichts ändern. Jetzt hatte sie eine neue Chance im Leben bekommen. Eine neue Chance für die Liebe. Und vielleicht sogar die Chance, Mutter zu werden.

Erneut trat sie mit den Beinen, auf der Suche nach einem ihr bekannten Orientierungspunkt. Was würde sie tun, wenn er nicht zurückkam?

Diesen unheilvollen Gedanken verdrängte sie schnell. Er musste zurückkommen. Sie waren Gefährten. Teilten die Gedanken. Sie vermisste die mentale Verbindung zu ihm. Seine Abwesenheit fühlte sich wie ein Loch in ihr an. Sie unternahm den Versuch und sandte einen Gedanken aus: *Zantu?*

Stille.

Über ihr zeigte sich wieder der orangene Fisch, der sie nach oben zu locken schien. Sang er? Sie könnte die Felswand hochschwimmen, um von dort zu sehen, welche Richtung die richtige war.

So schwamm sie also los, trieb wenig anmutig nach oben. Der gesprenkelte Fisch folgte ihr, direkt neben ihrem linken Ohr, sein Lied ein witziges Zirpen, das sie an Heuschrecken im Sommer erinnerte.

An der Kante des Felsens hatte die Strömung an Stärke zugenommen. Entschlossen trat sie mit ihren Beinen, um nicht abgetrieben zu werden. Der Seetang-Wald war dicht bewachsen, trotzdem schien sich irgendetwas Großes darin herumzutreiben. Haie infiltrierten ihre Gedanken erneut und ihr Herz schlug in einem schwindelerregenden Tempo. Sie stoppte in ihren Bewegungen und erlaubte sich, wieder zum Grund zu sinken. Vielleicht war es doch besser, am Boden zu bleiben. Seeanemonen waren ihr lieber als Haie. Hier oben fühlte sie sich vollkommen schutzlos.

Ein eingerissenes Blatt war von der Strömung mitgerissen worden, klatschte nun gegen ihre Wange und verdeckte ihr halbes Auge. Sie riss es weg. Sobald sie wieder sehen konnte, bemerkte sie, dass ihr kleiner Begleiter verschwunden war. Seetang strich über ihre Beine, schlang sich um sie, während sie gegen die Strömung ankämpfte. Je mehr sie um sich trat, desto mehr verheddderte sie sich.

Panik stieg in ihr auf, wie wild trat sie um sich. Das Unterwasser-Grünzeug ließ nicht locker und auch die Strömung hatte Brianna vollends in ihrer Gewalt, sodass sie in eine horizontale Position gedrückt wurde. Jetzt starrte sie in einen blauen Himmel. Ein Ausblick, der nur von gelegentlichen Wellen unterbrochen wurde. Blätter legten sich über ihre Augen, fesselten ihren rechten Arm an ihre Seite, raubten ihren Beinen jegliche Mobilität.

Ein Laut drang an ihre Ohren, das wie ein Lachen klang, doch sie konnte nichts mehr sehen. Ohne nachzudenken, schrie sie – ein Schrei tief aus ihrer Kehle. Sollte sie singen? Eher nicht, sie wollte ja keine Barrakudas rufen! Oder einen Hai.

Sie presste die Lippen zusammen und schickte stattdessen nur ein Wort: *Hilfe!* Sie steckte ihre ganze Kraft in diesen Hilferuf. *Zantu, hilf mir!* Wie sollte er sie finden? So weit abgetrieben von seinem Zuhause?

Das Wasser brannte in ihren Augen und ihrer Nase. Der Seetang wickelte sich wie eine Würgeschlange um ihren Körper. Erneut versuchte sie, sich aus ihren Fesseln zu befreien und fragte sich, ob sie nun doch das Zeitliche segnen würde.

7

Zantu fand Rubac liegend auf einem See aus Schwämmen, ein Neugeborenes schlafend auf seiner Brust. Sein Nest war traditioneller gehalten als Zantus und kam ohne die Annehmlichkeiten der Menschen aus, die er so gerne aufspürte. Das Einzige, was an die Landläufer erinnerte, waren Spielzeuge für Ebby. Das Meerkind war bereits hier, hinter einem Puppenhaus kauernd und Zantu anfunkelnd.

„Bruder?" Über einen abgeernteten Seegras-Garten näherte sich Zantu dem niedergeschlagenen Meermann.

Rubac öffnete seine limettengrünen Augen. „Du bist gekommen."

„Ebby kam zu mir und hat mir von dem neuen Baby erzählt.“

„Didra meinte, sie würde zurückkommen.“ Seine Stimme wechselte in eine Tonart, die nichts Gutes verhieß. „Aber ich weiß, dass das nicht passieren wird.“

Zantu wollte der Meerfrau mit dem goldenen Schwanz nachjagen und sie mit ihren gelben Haaren erwürgen. „Brauchst du Hilfe bei der Suche nach Milch?“

Rubac wedelte mit einer schweren Hand, an den Fingern mehrere Ringe und an seinem Handgelenk ein Schmuckstück, das er als sein Gebetsarmband bezeichnete. „Mach dir keine Mühe.“

Zantu warf einen genaueren Blick auf das Baby: Schlaff hing der winzige Schwanz über der Brust seines Bruders. Pechschwarze Haare trieben in der Strömung. Doch Haut, die mit der Farbe von neuem Leben strahlen sollte, zeigte sich grau und leblos. „Das tut mir unendlich leid, Rubac.“

„Kannst du dich um Ebby kümmern?“

Zantus Kehle schnürte sich zu. Meermänner waren von Natur aus hoffnungsvoll, wenn es darum ging, an die Rückkehr ihrer Gefährtinnen zu glauben. Anstatt an den Verlust zu denken und daran zu zergehen, richteten sie ihre gesamte Aufmerksamkeit auf den Nachwuchs. Bis das Herz genug hatte: Sobald das gebrochene Herz auch noch zersplitterte, war die Hoffnung für immer verloren. Zantu konnte nicht erlauben, dass sein Bruder aufgab. „Erinnerst du dich, wie Dad dir die Aufsicht gegeben hat, damit er auf die Suche nach einem Heilmittel für die Wunde an seinem Meermannschwanz schwimmen konnte? Diese allgegenwärtige Panik, dass er nicht zurückkehrte, weswegen wir versucht haben, ihn zu finden? Denkst du nicht, dass Ebby dasselbe tun würde?"

„Ich wusste, er würde zurückkommen. Ich wollte einfach nur ein Abenteuer erleben." Rubacs Mundwinkel zuckte, als würde er gerne lächeln.

Mit seiner Schwanzflosse kehrte Zantu den Boden, wirbelte kleine Muscheln und Schutt auf. „Ich meine es ernst. Erinnere dich, wie wir uns gefühlt haben. Willst du, dass es Ebby genauso ergeht?"

Rubacs Erwiderung war gezeichnet von Kummer und Qual. „Ich brauche deine Hilfe, damit ich die Seele des Babys anheben kann."

Zantus Kehle hatte sich bereits zugeschnürt angefühlt. Nach diesen Worten legte sich eine Faust um sein Herz. Zumeist fand er das Interesse seines Bruders an Mythen und Magie rund um die Meerleute amüsant. In diesem Fall könnte es tödlich enden. Der Mythos um die Anhebung einer Seele besagte, dass ein Blauwal dazu in der Lage war, die Seele eines Meermenschen aus dem Kreislauf des Meeres zu befreien. Doch Blauwale lebten nur in den Wilden Tiefen, weit entfernt von der Sicherheit des Seetang-Waldes. Zantu und sein Bruder hatten vor Ebbys Geburt einige Male den Mut gefunden, sich in diese Tiefen vorzuwagen. Dort hatte Zantu Schätze geborgen, während Rubac mit kleinen Walen und anderen Seekreaturen gesprochen hatte. Damals hatten sie nichts zu verlieren gehabt als sich selbst.

„Jetzt ist nicht der richtige Zeitpunkt, um Mythen nachzujagen." Er streckte die Hand nach dem schlaffen Körper auf Rubacs Brust aus. „Ich werde mich um das Baby kümmern, okay? Du bleibst bei Ebby."

Rubacs Arm wickelte sich fester um das tote Kind. „Ich muss es versuchen."

„Du hast ein lebendiges Kind, das dich braucht. Du kannst keine Risiken wie früher eingehen."

„Deswegen möchte ich, dass du dich um Ebby kümmerst."

„Ebby braucht *dich*, Bruder."

„Du liebst Ebby, und du hast keine Gefäh –"

„Onkel Zantu hat jetzt eine Gefährtin", ertönte Ebbys Gesang aus ihrem Versteck hinter dem Puppenhaus.

Durch das herzzerreißende Schauspiel mit Rubac hatte er Brianna kurzzeitig vergessen. Er hoffte, dass sie nicht zu viel Angst hatte. Obwohl er sichergestellt hatte, dass sich keine Raubtiere in der Nähe aufhielten, sagte ihm sein Bauchgefühl plötzlich, dass sie ihn brauchte. Doch auch sein Bruder brauchte ihn. Er war gefangen zwischen zwei Welten.

Rubac erhob sich von dem Berg aus Schwämmen und starrte Zantu an. „Du wurdest eingefangen? Wann?"

„Das ist eine lange Geschichte. Im Moment haben wir keine Zeit dafür. Ich kann Ebby nicht zu mir nehmen. Ich muss dich singen hören, dass du dein lebendiges Kind wegen eines Mythos nicht zurücklässt."

„Sie ist ein Landläufer", mischte sich Ebby ein und hob eine langbeinige, nackte Puppe in die Höhe. „Kein Schwanz."

Rubac blinzelte, runzelte die Stirn. Seine Augen trafen auf Zantu, seine limettengrünen Tiefen mit Neugierde gezeichnet. „Ein Mensch?"

„Ich sagte es ja: eine lange Geschichte." Zantu war froh, dass sein Bruder wieder energiegeladener schien. „Sie wartet in meinem Nest auf mich."

„Sie wartet? Du hast Wahnvorstellungen." Rubac legte eine Hand auf Zantus Schulter. „Es tut mir so leid. Ich dachte wirklich, dass dir ein Bund erspart bleibt."

„Menschenfrauen sind anders."

„Du meinst es ernst." Rubac senkte sich auf die Schwämme. „Du hast dich mit einem Menschen verbunden."

„Habe ich."

„Erzähle mir alles."

Die Neugierde seines Bruders konnte Zantu zum Verhandeln nutzen. „Versprich mir, dass du Ebby nicht zurücklassen wirst, um in die Wilden Tiefen zu schwimmen. Wenn du das tust, werde ich in ein paar Tagen kommen und dir alles erzählen."

Rubac dachte kurz nach und nickte. „Ich werde Ebby nicht verlassen."

Zantu entließ Bläschen der Erleichterung. Sobald es ihm leichter fiel, Brianna im Nest allein zu lassen, konnte er zurückkommen, um sein eigenes Versprechen einzulösen. „Danke. Ich muss zu Brianna zurück. Sie war hier unten noch nie auf sich allein gestellt." Er schob den Vorhang aus Seetang beiseite. „Erinnere dich an dein Versprechen. Wir sehen uns in ein paar Tagen."

„Okay, Bruder. Viel Glück."

Zantu schlüpfte durch die Stängel, erleichtert, dass sein Bruder wieder zur Vernunft gefunden hatte.

Zumindest hoffte er das und betete, dass er Ebby nicht für einen Mythos verließ. Im Moment hatte Zantu jedoch andere Verpflichtungen, die nichts mit seinem Bruder zu tun hatten.

ZANTU SCHICKTE EINEN GEDANKEN, ohne zu wissen, wie weit die Verbindung reichte. Nicht weit vom Nest hatte er den Kontakt verloren.

Er erhielt keine Antwort. Nichts.

Der braun gefleckte Seeskorpion, den er ihr an die Seite gestellt hatte, um auf sie acht zu geben, sollte bei Problemen herangeeilt kommen. Nicht der beste Wachfisch, aber besser als die orangenen Garibaldi-Fische, die oftmals den Meerfrauen dienten.

Er schoss durch den Seetang, nutzte seine Echoortung, um ungehindert voranzukommen. Der Seetang-Wald verlor an Dichte, als er seinem Nest näherkam. Er nahm eine scharfe Kurve an den Felsen vorbei, direkt auf die Lichtung zu. Bisher hatte er noch keine Gefährtin gehabt, zu der er nach Hause schwimmen konnte. Fühlte sich nett an. Im Nest sah er sich um und sein Lächeln verblasste. *Brianna?* Sie war nirgendwo zu sehen. Er fügte einen Schallimpuls hinzu.

Verschwunden.

Sie hatte ihn verlassen. Natürlich hatte sie das. Typisch Frauen. Er hatte gehofft, ein Mensch wäre anders, aber na ja, es gehörte wohl zum Leben dazu, dass Erwartungen enttäuscht wurden. Warum hatte er geglaubt, dass sie anders wäre? Dennoch breitete sich Zweifel in ihm aus – Zweifel, der von seiner Seele Besitz ergriff. Sein Nest war weit entfernt vom Ufer. Glaubte sie wirklich, dass sie allein und ohne Hilfe das Land erreichen könnte? Es gab Raubtiere, Strömungen, Meerfrauen und viele weitere Gefahren. Ohne Flossen oder einen Schwanz war sie dem Temperament des Meeres ausgeliefert. Er musste sicherstellen, dass sie in Sicherheit war, ob sie ihn nun verlassen hatte oder nicht.

Er verließ das Nest und suchte nach dem Seeskorpion. Verschwunden, natürlich. Er kreierte ein Lied für die weniger intelligenten Kreaturen in der Gegend und fragte nach dem Aufenthalt des Menschen. Zusammen verwiesen sie ihn auf die Felswand. Ein orangener Garibaldi-Fisch kicherte und flüchtete, schwamm seinen Freunden nach.

Panik schlich sich in Zantus Verstand. Er folgte dem Garibaldi und rief mit seinen Gedanken und dem Sonar nach seiner Gefährtin.

In dieser Strömung sollte sie nicht sehr weit abgetrieben sein. Wo war sie?

Ein braun gefleckter Seeskorpion zeigte sich hinter einem Seefächer, und er erzählte ihm, wie sie versucht hatte, die Wasseroberfläche zu erreichen und der starken Strömung mit ihren Beinen etwas entgegenzusetzen. Seeskorpione waren zumeist am Grund zu finden und die Instinkte der Kreatur wogen höher als der Befehl, über Brianna zu wachen.

Zantu hätte es besser wissen sollen, als sein Vertrauen in einen Seeskorpion zu setzen. Feiglinge, allesamt.

Die Panik in ihm stieg stetig an. Ging das Gefühl von ihm aus oder von Brianna? Er rauschte an die Wasseroberfläche und rief laut und in Gedanken nach ihr: „Brianna!" *Brianna!*

Er wurde panischer und panischer. Mittlerweile war er sich sicher, dass diese Emotion nicht nur die seine war. Ein Wort wehte durch seinen Verstand: *Hilfe!*

Brianna! Wo bist du?

Schließlich erreichte er einen dichteren Abschnitt im Seetang-Wald und konnte sie deutlicher verstehen. *Ich kann nicht atmen! Gott, bitte beeil dich!*

Er rotierte um seine eigene Achse, ließ den Blick über den Wald schweifen. Er konnte nichts Verdächtiges erkennen. Die mentale Verbindung verriet ihm nicht, welche Richtung er einschlagen musste. *Kannst du für mich singen? Ruf mich!*

Nein! Irgendetwas ist hier. Ich habe Angst. Der Seetang – Ihre Gedanken waren trüb, doch ihre panische Angst war unmissverständlich.

Er beschwor ein Lied, tief aus seiner Brust, und sandte einen Befehl an jede Kreatur im Umkreis. „Beschützt meine Gefährtin!"

Das Wasser vibrierte mit unglaublicher Intensität, als alle die Nachricht weitergaben: Tiefe Nebelhorn-Rufe von einem schwarzen Judenfisch, hohes Summen von einem Schwarm aus Barschen und am Grund meldeten sich sogar die quietschenden Seefledermäuse. Dann hörte er das hohe Brüllen eines Seelöwens, eine Warnung, dass dies sein Territorium war. Zantu klinkte sich bei dem Ruf ein, schoss durch die Stängel, bis er das Gesicht des hiesigen Seelöwenmännchens entdeckte. Es handelte sich nicht um sein erstes Zusammentreffen mit dieser Kreatur. Normalerweise tolerierte es Zantu in seiner Domäne.

„Was ist los?"

Der Seelöwe umkreiste ihn mit ungewohnter Aggression und sandte die bekannte Note heraus, die Konkurrenz vertreiben sollte.

Zantu senkte den Kopf unterwürfig. „Du kennst mich, Kumpel. Ich werde dir oder deiner Familie nicht wehtun. Ich suche nach einem Menschen."

Das Biest umkreiste ihn, das Weiß in seinen Augen bildete einen starken Kontrast zu seinem glatten, braunen Fell. Er erzählte eine Geschichte von einer Meerfrau, die gerne Spielchen spielte und die Seetang als Falle benutzte, um den Nachwuchs seines Harems zu ertränken.

Zantus Magen drehte sich bei dem Gedanken daran und er spannte den Kiefer an. Eine Meerfrau hätte noch mehr Spaß daran, Brianna zu ärgern. „Zeig mir den Weg."

Das große Tier schlug einen Salto und schoss dann durch den Tang zu einem Bereich, der vollkommen kahl war. Er hob den Blick und betrachtete die schwebende Matte aus Vegetation. Dicke Seetang-Stängel trieben in dieser Kreation und wegen der Strömung löste sich hier und da das Grünzeug. In der Ferne vernahm er die Schreie der weiblichen Seelöwen, zusammen mit dem spottenden Lachen einer Meerfrau. Das Biest neben ihm brüllte und gewann an Tempo.

Zantu nahm Schwung auf und folgte ihm. Es dauerte nicht lange, bis ihm blasse Haut zwischen grünem Seetang ins Auge fiel. Ein nackter Fuß lugte hervor. Er richtete sich auf und bahnte sich einen Weg zu seiner Gefährtin, zerriss den Tang-Teppich, der sie von ihr fernhielt.

Ich bin hier, dachte er, als er auf der Suche nach ihrem lieblichen Gesicht panisch das Blattwerk und die Stängel entfernte.

Verschleiert wehten ihre Gedanken zu ihm. Beinahe nicht existent. Hinter dem nächsten Blatt traf er auf ihre Augen. Sie starrte an ihm vorbei, durch ihn hindurch. *Nein!* Sofort presste er seine Lippen auf ihre und entließ einen Strom aus Bläschen in ihren Mund. *Brianna, atme!*

Ihr Körper zuckte, der Seetang hielt sie jedoch gefangen. Sie durfte nicht sterben! Wieder küsste er sie und versuchte, sich daran zu erinnern, wie er ihr beim ersten Treffen die Gabe eingehaucht hatte, unter Wasser zu atmen. Es war eine Sache, sie zu verlieren, indem sie an die Wasseroberfläche flüchtete, zurück in ihr altes Leben. Verbunden wäre ein solcher Verlust mit der Gewissheit, dass sie lebte, dass sie ihr Leben weiterführen konnte. Doch wenn sie in seinen Armen starb, hätte er nichts, für das es sich zu leben lohnte. *Bitte, Brianna. Ich liebe dich.*

Hilf mir, mach mich los. Ich will das nicht mehr, dachte sie.

Sie wollte das nicht mehr … Schmerz verknotete seinen Magen, traf ihn tief und erinnerte ihn daran, dass sie das Nest verlassen hatte, um an die Wasseroberfläche zu schwimmen und ihm zu entkommen. Sogar jetzt wollte sie ihre Freiheit. Er wünschte, er könnte ihr Bedürfnis nach Freiheit imitieren. Jedoch hatte sich der Bund, den er zu Beginn brechen wollte, in den letzten Stunden intensiviert. Er saß in der Falle – genau wie sie.

Mit Gewalt und Entschlossenheit riss er an dem Blattwerk, näherte sich ihrer Freiheit. Er ließ seine Wut an dem leblosen Grünzeug aus, zerfetzte es, löste Stängel und fütterte mit ihnen die Strömung. *Du hättest mich nicht verlassen dürfen*, knurrte er. Seine Gedanken ähnelten einem kochenden Wirbel aus Emotionen, den sie wahrscheinlich nicht interpretieren konnte. Auch er war sich nicht sicher, was er gerade fühlte. Er wusste nur, dass es unglaublich schmerzte. Dafür wollte er sie bestrafen und doch wollte er sie in seine Arme ziehen.

In dem Moment, als er die letzte einschränkende Barriere entfernte, wickelte sie ihre Arme um ihn und vergrub ihr Gesicht an seinem Hals. *Oh, Gott, danke!*

Seine fieberhaften Emotionen lösten sich auf. Er umarmte sie, labte sich an ihrer Wärme, dem sonnengeküssten Duft ihrer Haut, der ihm seit der ersten Begegnung in den Bann zog. Wie war es ihr gelungen, ihn auf diese Weise einzufangen und zu kontrollieren? Das war egal. Er gehörte ihr – heute, morgen, bis in die Ewigkeit. Und sie lebte.

Du darfst mich nie wieder verlassen!, schickte sie ihm und schlang gleichzeitig Arme und Beine fester um ihn.

Spielte sie mit seinen Gefühlen? Sie benutzte ihn, wenn es notwendig war, nur um ihn danach zu verlassen. Sein Herz schmerzte. Es fühlte sich an, als würde die Verbindung das Leben aus ihm heraussaugen. Er versuchte, ihre Gedanken zu lesen, doch seine eigenen waren zu wild, zu unberechenbar und zu laut. *Wolltest du nicht, dass ich dich ... gehen lasse?*

Ich wollte, dass du mich aus dem Seetang befreist. Dachtest du, dass ich von dir wegwollte?

Warum hättest du sonst versuchen sollen, die Wasseroberfläche zu erreichen?

Sie lehnte sich zurück, um ihm in die Augen zu sehen. *Das habe ich gar nicht. Du warst nur so lange weg und mir wurde langweilig. Dann sah ich, wie sich ein paar Fische gezankt haben. Ich war der Ansicht, dass ich diesen Streit auflösen könnte. Ich weiß, dass das dämlich war. Ich hätte auf der Lichtung bleiben sollen. Die Strömung hat mich davongetrieben. Ich konnte das Nest nicht mehr finden. Dann bin ich in die Fänge des Seetangs geraten und ... und –* Ihre Gedanken überschlugen sich, gezeichnet von Angst und Schrecken. *Ich dachte, ich müsste sterben ...*

Eine Welle der Erleichterung erfasste ihn. Und Schuldgefühle. Die Verbindung ihrer Gedanken log nicht. *Ich verspreche dir, dich nie wieder allein zu lassen.*

Mit seinem Meermannschwanz streichelte er die köstlichen Rundungen ihres Hinterns. Ihre Beine faszinierten ihn. Sie konnte sich mit Armen und Beinen um ihn wickeln. Vor allem während dem Liebe machen, raubte ihm diese Vorstellung den Verstand. Sie entließ einen zufriedenen Seufzer bei seinen Berührungen und spreizte die Schenkel noch weiter. Er konnte in ihr das Vertrauen erkennen, das sie ihm schenkte. Die Hingabe. Vielleicht sogar Liebe?

Sein Schaft zuckte und verlangte danach, befreit zu werden. Verlangte nach der Hitze ihres Geschlechts, doch er hielt sich zurück. Er wollte den Moment genießen, ihn abspeichern und nie wieder vergessen. Er wollte, dass sie ihn so verzweifelt begehrte, wie er sie begehrte. Er fuhr mit den Händen über ihre Hüften, seine Daumen strichen über ihre Hüftknochen und folgten dem Pfad zu den Löckchen zwischen ihren Schenkeln. So weich, so heiß. Ihre Pussy pulsierte, als er die Hand auf sie legte und zwei Finger in ihre Hitze eintauchten.

Indessen erkundete sie mit den Händen seine Arme, seine Schultern und verschränkte sie in seinem Nacken. Er senkte den Kopf und küsste sie, seine Finger ihre Schamlippen erkundend, verschaffte sich seine Zunge Zugang zu den obigen. Ihre Finger wanderten weiter, erreichten seine Rückenflosse, rieben auf beiden Seiten entlang nach unten bis zu seiner Taille. Seine Erektion sprang heraus. Dennoch ignorierte er seine harte Länge, verzaubert von den erotischen Rotationen ihrer Hüfte, der Art und Weise, wie sie ihr Geschlecht an seinen Fingern rieb.

So verließ er ihre Lippen und saugte einen Nippel in seinen Mund, knabberte sanft an der Knospe. Ihre Finger kratzten über seine Haut, ihr Verstand von Lust und Schmerz bevölkert. Er musste mit seinen scharfen Zähnen vorsichtig sein. Ihre Haut war so weich, so empfindlich. Weiter neckten seine Finger ihre Klitoris, als er sich mit dem Mund ihrer anderen Knospe zuwandte. Erst als auch dieser Nippel aufgerichtet war, wagte er es, sich mit zärtlichen Küssen zu ihrem Bauch aufzumachen.

Sie bebte unter ihm, streckte sich ihm entgegen. Er benutzte eine Hand, um ihren Arsch zu packen, und fand sich mit seinem Kopf zwischen ihren Schenkeln ein. Jetzt war sein Mund dran. So himmlisch wie sie roch, schmeckte sie auch. Sie bäumte sich auf, ihre Gedanken mit dem Wunsch infiltriert, von ihm gefüllt zu werden.

Wie du wünschst, sandte er und füllte sie mit einem Finger. Die Wände ihres Geschlechts zogen sich um ihn zusammen. Er fügte einen zweiten hinzu und entdeckte, dass sie in einen ekstatischen Wirbel geriet, wenn er seine Finger in ihr anwinkelte. Die mentale

Verbindung während ihres Orgasmus hätte beinahe dafür gesorgt, dass er seine Säfte in das umgebende Wasser ejakulierte.

Mit den Händen auf ihren Hüften fand er erneut ihren Mund. Ungeduldig und gierig vergrub er sich in ihr. Sie war so feucht, ihr Geschlecht wie für ihn gemacht. Er hörte ihr befriedigtes Seufzen und sie hob ihre Lippen wieder zu seinen.

Ich liebe dich, auf immer und ewig, dachte er, als er sein Sperma tief in sie schoss.

8

ie ein Babyotter hatte es sich Brianna auf Zantus Brust bequem gemacht, während der Seetang-Teppich unter ihnen in einem harmlosen Muster in der Strömung trieb. Sie hob die Hand und brach durch die Wasseroberfläche. Die Tropfen auf ihren Fingerspitzen erzeugten im Licht der untergehenden Sonne winzige Regenbögen. Sie zog die Hand zurück in die Umarmung des Meeres und fuhr mit den Fingern über Zantus beeindruckende Bauchmuskeln. Der Gedanke, wieder zu seinem Nest abzutauchen, verängstigte sie. Sehr sogar. Als sich das Adrenalin zusammen mit der Nachwirkung des Orgasmus verflüchtigte, merkte sie, wie wütend sie war. *Wieso hast du mich so lange allein gelassen?*

Zantu festigte die Arme um sie, seine Schwanzflosse sanft schwingend. *Es tut mir le –*

Sie schob ihn von sich und er ließ sie los. Dann schlug sie mit ihren Fäusten gegen seine Brust. *Was, wenn du es nicht rechtzeitig zurückgeschafft hättest? Hast du gespürt, dass ich mit dem Atmen aufgehört habe?*

Ich habe einen Seeskorpion an deine Seite geste –

Einen Fisch? Du hast mich einem Fisch anvertraut?

Ein Fehler, das gebe ich zu. Er umfasste ihre Handgelenke; die kleinen Fäuste noch immer damit beschäftigt, seiner harten Brustmuskulatur Schaden zuzufügen. *Ich verstehe nicht, warum dir das Atmen so schwerfällt. Durch unseren Atem-Bund sollte die Fähigkeit, unter Wasser atmen zu können, eigentlich bis zum Neumond bestehen bleiben. Vielleicht hat diese Meerfrau etwas damit zu tun.*

Eine neue Angst nistete sich in ihr ein. *Atem-Bund? Ist das ein Zauber? Was, wenn es wieder versagt?*

Ich werde dich nicht noch einmal verlassen. Entschlossenheit zeichnete sich auf seinem Gesicht ab. *Jedenfalls nicht, bis ich weiß, wie ich dich beschützen kann.*

Durch seine ausweichende Antwort formte sich ihre Angst zu Misstrauen. *Das habe ich nicht gefragt.*

Solange ich in deiner Nähe bleibe, kann ich den Bund immer wieder erneuern.

Sie hob den Blick zum Himmel, der sich langsam verdunkelte. *Du kannst nicht garantieren, dass du jeden Moment eines jeden Tages an meiner Seite bist.*

Sein Verstand jonglierte mit den verschiedensten Ideen, bis er sich auf einen zaghaften Gedanken festlegte: *Mein Bruder ist an Magie interessiert. Vielleicht kann er uns helfen.*

Ihre Hand ballte sich in seiner zu einer Faust, bis sich die Nägel in ihre Handfläche bohrten. *Du darfst mich nicht nochmal zurücklassen.*

Nein, das werde ich auch nicht.

Wie lautet also dein Plan?, fragte sie in der Hoffnung, dass Meermänner auch aus der Entfernung in der Lage waren, Gedanken auszutauschen. Tief in ihrem Inneren wusste sie jedoch, dass dies nicht der Fall war. Schließlich hätte er dann schon beim letzten Mal auf diese Weise mit seinem Bruder kommunizieren können.

Du wirst mich begleiten. Trotz der Mauer, die er zwischen ihren Gedanken errichtete, bemächtigten sich erschreckende Bilder ihres Bewusstseins: Eine Gruppe Meermänner, die einen von ihnen in Stücke riss. Blut überall. Furchterregende Stille, als sie die Überreste den Fischen überließen.

Sie schnappte nach Luft, Salzwasser drang in ihre Lungen. *Wer waren diese Meermänner?*

Zantus Brust hob und senkte sich mit einem Seufzen. *Erinnerst du dich, dass ich zu dir meinte, es ist verboten, eine Gefährtin mit zu dem Nest eines anderen Meermannes zu bringen? Die Strafe ist der Tod.*

Ihr Herz schlug so schnell, dass sie befürchten musste, es würde jede Sekunde explodieren. *Auch wenn es dein Bruder ist?*

Ja, aber mein Bruder ist nicht wie andere Meermänner. Er wird mich anhören. Die gesendeten Worte klangen überzeugt, dennoch erkannte sie den Knacks in seinem Selbstbewusstsein.

Wieso ist die Strafe so brutal?, fragte sie.

Die meisten Meermänner sind Einzelgänger, die sowohl Meerfrauen als auch Meermänner aus dem Weg schwimmen. Seine Arme festigten sich um sie. *Unglücklicherweise ist es in der Vergangenheit vorgekommen, dass schwache Meermänner den Aufenthalt anderer Nester ihren Gefährtinnen verraten haben. Jeder Meermann ohne eine Gefährtin wäre beim Auffinden dazu gezwungen, mit ihr Sex zu haben – wie ein Sklave seiner*

Instinkte. Wer die Meerfrau ablehnt, muss ihren Zorn über sich ergehen lassen. Und das nicht nur gegenüber ihm, sondern auch gegenüber dem Nachwuchs. Ganze Familien wurden durch eine einzige Meerfrau vernichtet. Das Nest wird als Zuflucht angesehen. Ein sicherer Ort, versteckt in den Seetang-Wäldern, geschützt vor Raubtieren und Meerfrauen gleichermaßen. Ein Nest zu offenbaren, gilt als Todsünde. Eine Bestrafung auszuteilen, gehört zu den wenigen Momenten, in denen Meermänner in Gruppen anzutreffen sind.

Sie schluckte schwer, unfähig die gewalttätigen Bilder aus ihrem Verstand zu vertreiben. *Ich will nicht, dass du verletzt wirst.*

Rubac und ich teilen eine besondere Verbindung. Wir sind uns sehr nah. Wir haben viele Jahre damit verbracht, die Wilden Tiefen nach Schätzen und Wissen zu erkunden. Als Didra ihn eingefangen hat, dachte ich, unsere Beziehung würde auf der Kippe stehen, aber er ist stark. Er vertraut mir mit seinem Nest und seinem Nachwuchs.

Könntest du mich nicht einfach an der Wasseroberfläche lassen? Sie klammerte sich an ihn und schmiegte ihre Wange an seine Brust. *Dort könnte ich ausharren und mir würde bis zu deiner Rückkehr die Luft nicht ausgehen.*

Seine bereits dunklen Gedanken brausten auf wie das Meer bei einem Sturm. *Die Oberfläche ist nicht sicher.*

Raubtiere können dich von unten sehen, Wellen kommen von oben. Und andere Menschen könnten dich finden und mitnehmen.

Den letzten Teil schickte er nicht, trotzdem schlängelte sich der Gedanke an der Barriere vorbei. Liebevoll streichelte sie über seine Rückenflosse. *Ich will dich nicht verlassen, Liebling.*

Ein Lustschauer ergriff von seinem Körper Besitz und sie konnte ein schlechtes Gewissen wahrnehmen. *Ich versuche, dir zu vertrauen. Ausgehend von meinen Erfahrungen und meiner Herkunft ist das nicht einfach.*

Was sie bisher von Meerfrauen gelernt hatte – und gesehen –, erklärte, dass es ihm schwerfiel, Vertrauen zu schenken. Sie wollte, dass er ihr vertraute. Sie glaubte zudem, dass er das mit der Zeit auch tun würde. Es hörte sich ohnehin nicht gerade spaßig an, Haie abzuwehren und gegen meterhohe Wellen anzukämpfen. Daher war es wahrscheinlicher, einen Ausflug zu Rubacs Nest zu überleben. Die Wasseroberfläche stand also außer Frage. *Was haben wir sonst noch für Optionen? Wo hat Rubac über Magie erfahren? Können wir diesen Ort besuchen?*

Bläschen strömten aus seiner Nase. *Die Wilden Tiefen wären noch gefährlicher für dich als Rubacs Nest. Ich denke, Rubac wird die besondere Situation verstehen, in der wir uns befinden. Insbesondere, da du bereits Ebby kennengelernt hast.*

Ihre Aufmerksamkeit kehrte zu dem Meerkind zurück und zu dem Grund, weswegen Zantu sie zurückgelassen hatte. *Geht es Ebby gut?*

Im Moment ja. Mein Bruder ist derjenige, der mir Sorgen bereitet. Zantu wirkte verunsichert.

Was meinst du damit?

Sein neues Baby ist tot. Wahrscheinlich eine Totgeburt. Er ist …

Eine Totgeburt? Die mentale Verbindung zwischen Zantu und ihr schien zu zischen, wie bei einem Kurzschluss. Ein unerwarteter Tsunami, dem Erinnerungen folgten, prallte gegen sie: Das erste Mal, dass sie den Herzschlag ihres Babys gehört hatte. Der Geruch der frischen Farbe im Kinderzimmer. Was sie beim ersten Tritt gefühlt hatte. Und dann der Tag, an dem sie realisierte, dass es keine Tritte mehr geben würde. Der Schmerz der vergeblichen Wehen. Das darauffolgende Koma aufgrund des hohen Blutverlustes.

Und schließlich, wie Eric auf der Türschwelle des Krankenhauszimmers gestanden hatte und zu ihr meinte, dass er sich „darum gekümmert hatte". Für fünf

Tage hatte sie im Koma gelegen. In der Zeit war die Asche bereits verstreut worden.

Das Brennen in ihrer Nase und in ihrer Kehle riss sie in die Gegenwart zurück. Wasser drückte von allen Seiten gegen sie und zwang sie dazu, einzuatmen. Sie erkannte, dass sie keuchte, ohne dass sie auf Sauerstoff hoffen konnte.

Zantu umfasste ihr Gesicht und sie fühlte seinen Mund auf ihrem. Sofort entspannten sich ihre Lungen. Sein Kuss war so zärtlich, so sanft. Anstatt von Lust, sprachen seine Lippen von Liebe. Ein Anker in einem zerstörerischen Sturm. Er neigte den Kopf und küsste entlang ihres Kiefers, seine Hände zeichneten tröstende Muster auf ihrem Rücken. *Ich denke, ich verstehe nun, warum du zu mir gekommen bist*, flüsterte sein Verstand ihr zu.

Sie konnte ihren Schmerz zwar nicht hinausschreien, doch ihre Gedanken mussten ihrem Leid genügend Ausdruck verleihen. *Er hat sie mir weggenommen. Ich durfte mich nicht verabschieden!*

Es tut mir so leid. Er zog sie enger an sich.

Vielleicht lag es an der Verbindung, die sie mit Zantu teilte, doch sein aufrichtiger Kummer fühlte sich tröstender an, als die kombinierten

Beileidsbekundungen, die sie von Familie und Freunden erhalten hatte. Einschneidender als die von Eric, der nicht verstehen konnte, dass sie nicht glücklich darüber war, einer Beerdigung entkommen zu sein. An ihrem Gefährten brach sie zusammen und ließ ihrer Trauer freien Lauf. Sie weinte auf eine Weise, die sie sich bei Eric nie erlaubt hatte. Zantu hielt sie in seinen Armen, sagte nichts, denn das musste er nicht. Es reichte aus, dass er bei ihr war. Dass er sich aus ganzem Herzen wünschte, ihr den Schmerz abnehmen zu können.

Ihre Seele trauerte und der Ozean akzeptierte ihre Tränen als einen Teil von sich.

⚮⚮⚮

NACHDEM ER SEIN Bestes getan hatte, Brianna zu trösten, trug er sie durch den nachtschwarzen Seetang. Ihre Gedanken gaben ihm einen Eindruck von der Trübnis in ihrem Herzen und doch hatte er auch das Gefühl, dass es ihr schon ein bisschen besser ging. Etwas in ihr hatte sich verändert, verschoben. Sie hatte viel durchgemacht, ja, das hatte sie. Er konnte sich so glücklich schätzen, eine Gefährtin zu haben, die nicht nur bei ihm bleiben wollte, sondern auch den Wunsch nach Kindern hegte. Kinder, die sie zusammen erziehen würden. Die Panik bei dem Gedanken, sich dem Nest seines Bruders zu nähern, wurde von dem Bedürfnis eingeholt, seine erfreulichen Nachrichten mit ihm zu teilen. Wer hätte gedacht, dass eine Menschenfrau eine dermaßen großartige Gefährtin abgeben würde?

Er pumpte mit der Schwanzflosse und schwamm zu Rubacs Nest. Hoffentlich würde die Nacht Briannas Anwesenheit verschleiern, während er sich mit seinem Bruder unterhielt. Er hoffte so, dass Rubac für immer im Dunkeln darüber blieb, dass er eine Frau mit in sein Nest gebracht hatte. Andererseits wünschte er sich nichts sehnlicher, als dass sein Bruder sie entdeckte, damit er die beiden bekanntmachen konnte. Er hatte sich immer gefragt, wie Meermänner so dumm sein konnten, ihre Gefährtinnen zu anderen Artgenossen zu bringen. Mittlerweile verstand er es. Auch in ihm war der Wunsch entfacht, stolz seine Gefährtin zu präsentieren.

Brianna krallte sich an seinen Schultern fest, ihr Verstand von Erschöpfung gezeichnet. Adrenalin sorgte dafür, dass er schneller und schneller schwamm. Er schickte eine Sonaranfrage. Ein Meermann war niemals blind, solange es bestimmte Punkte gab, die Schall zurückwarfen. Darin bestand auch die Gefahr der Wilden Tiefen. Überall Wasser und gefährliche Strömungen, ohne eine Stelle, an der man sich orientieren konnte. Zantu betete, dass sein Bruder über die Antworten verfügte, nach denen er sich sehnte. Ein Ausflug in die Wilden Tiefen wäre mit Brianna kein einfaches Unterfangen.

Er erreichte die dicke Wand aus Seetang, die Rubacs Nest umgab und löste Briannas Arme von seinem Nacken. Er führte sie zu einem rauen Felsen und dachte: *Bleib genau hier. Ich bin auf der anderen Seite des Tangs. Falls ich dich ins Nest holen muss, suche nicht nach Augenkontakt. Sprich ihn nicht an. Und am aller Wichtigsten: vermeide Körperkontakt. Du hast gesehen, wie Ebby reagiert hat. Gebe vor, dass du unsichtbar bist, okay?*

Sie nickte in die Dunkelheit, was er durch leichte Vibrationen im Wasser spürte.

Er streichelte über ihre Wange und gab ihr einen kleinen Kuss. Sie war zu wunderschön, um jemals als unsichtbar zu gelten. Selbst wenn sein Bruder sie zu Gesicht bekäme, so müsste er eigentlich immun gegen die Reize anderer Frauen sein – schließlich war er bereits einen Bund eingegangen. Immer wenn Zantu über die Attraktivität seiner Gefährtin sinnierte, entzündete sich ein Feuer in seinem Inneren und er musste seine Begierde zurückdrängen. Das war weder der richtige Zeitpunkt noch der richtige Ort dafür.

Er wandte sich von ihr ab und schob den dicken Seetang-Vorhang beiseite. Normalerweise meldete er sich an, bevor er reinschwamm, doch er wollte einen Schallimpuls von Rubac unterbinden. Auf der Lichtung würde ein kurzer Impuls hoffentlich Briannas Anwesenheit geheimhalten.

Durch den Tang erreichte er den Schwammhügel, auf dem Rubac stets ruhte. Er kannte die Anordnung von vorherigen Besuchen und bewegte sich selbstbewusst. „Rubac, ich bin's."

Keine Antwort. Nicht mal das kleine Rauschen von Wasser, wenn es gegen Rubacs und Ebbys Flossen schwappte.

„Rubac? Ebby?"

Die Lichtung blieb still. Er zwitscherte eine erneute Anfrage und interpretierte das Echo. Niemand war Zuhause. Er schickte eine lautere Anfrage, beurteilte die anderen Objekte im Nest. Ebbys Spielzeuge befanden sich, wo sie das Kind immer ablegte und der Schwammhaufen war in letzter Zeit unbenutzt geblieben. Nichts schien fehl am Platz.

Zantus Puls beschleunigte sich, bis sein Herz in seinen Ohren pochte. Etwas stimmte nicht. Er schwamm zu Brianna, erleichtert, sie zu finden, wo er sie zurückgelassen hatte. *Es ist niemand zuhause.*

Wo könnte er sein?

Er fuhr mit den Fingern durch seine Haare. Er konnte nur annehmen, dass Rubac den Körper des Babys zum Riff gebracht hatte, gleich an die Kante zu den Wilden Tiefen, um dort die Bestattung durchzuführen. Warum sein Bruder dies in der Abenddämmerung tat, war ihm ein Rätsel. *Wahrscheinlich ist er dabei, sein Baby zu beerdigen.*

Oh. Ihre Gedanken verdunkelten sich, ihr eigener Verlust ein niederdrückender und vernarbter Hintergrund. *Solltest du nicht bei ihm sein?*

Ihre Sorge um seinen Bruder, trotz ihres derzeitigen schweren Gemüts, berührte ihn tief. *Beerdigungen sind selten und werden in sehr privater Runde abgehalten. Die meisten Meerleute sterben im Verborgenen und sie werden oftmals erst entdeckt, wenn die Knochen bereits im Meer treiben. Wenn ein Verwandter den Körper findet, wird er zum Riff gebracht und in eine Ritze gelegt.*

Der Gedanke an Rubac an diesem Ort, wo der Seetang endete und die Wilden Tiefen begannen, machte Zantu nervös. Vor allem nachts, wenn die großen Raubtiere zum Jagen herauskamen. Ebby war nicht in der Lage, die Geschwindigkeit von Rubac zu erreichen. Das Kind musste sich hin und wieder ausruhen. Ein Nickerchen im offenen Meer war jedoch keine gute Idee, da die Strömung jeden in die Tiefen reißen würde.

Er schickte eine Langstreckenanfrage durch den Seetang. Eine Regung eines Mönchsfischs, sonst nichts. Der Wald fühlte sich zu ruhig an. Es missfiel ihm, das sichere Nest mit ihr zu verlassen. *Wir warten im Nest. Ich nehme an, dass er morgen zurückkommt.*

Wird er nicht wütend sein, wenn er uns hier findet?

Wahrscheinlich. Deine Sicherheit ist mir aber wichtiger. Ich werde es nicht riskieren, außerhalb eines Nestes zu schlafen. Er schob den Vorhang beiseite und zog sie mit sich. Die Strömung auf der Lichtung war weitaus schwächer und er wagte es, den Griff um ihre Taille zu lockern. *Willst du dich auf die Schwämme legen oder lieber im Wasser schweben?*

Ihre Finger festigten sich um seinen Arm. *Ich sehe nichts.*

Die Anstrengungen des Tages legten sich wie ein schweres Gewicht auf seine Brust. Er hätte das Plankton rufen können, um das Nest zu erhellen, doch es schien einfacher, ihr die Entscheidung abzunehmen. *Ich denke, wir werden es uns heute Nacht im Bett bequem machen.*

Dann trug er sie zu den Schwämmen und sie lehnte sich auf dem gepolsterten Untergrund zurück. Brianna drehte sich und presste sich an ihn. Ihre schläfrigen

Gedanken waren mit Behaglichkeit gefüllt und so fand auch er langsam zur Ruhe.

Er summte ein Schlaflied an ihren Haaren: „Du bist wie ein versunkener Schatz für mich."

Sie seufzte und kuschelte sich enger an ihn. Die sanfte Bewegung des Wassers auf seiner Haut entspannte seine Muskeln, seine Gedanken und er schlief ein.

9

Brianna öffnete ihre Augen in die Dunkelheit. Dieses Mal empfand sie keine Angst, keine Verwirrung. In der Ferne nahm sie die morgendliche Melodie eines Fischschwarms wahr, bei dem sie sich mit einem zufriedenen Seufzer an Zantus warmen Körper kuschelte. Entzückt spürte sie, wie sich seine Erektion gegen ihren Po presste. Sein Verstand war leer; er schlief noch, wodurch sich ihr die Möglichkeit bot, seinen Körper zu erkunden. Mit einer Hand griff sie hinter sich und fand den pulsierenden Schaft, der sie geweckt hatte.

Noch im Verborgenen rieb sie mit der Hand lockend über die Beule. Zuckend bewegte er seine Hüfte in ihre Richtung, wachte jedoch nicht auf. Sie versuchte, ihren Verstand von Gedanken freizuhalten, um ihn nicht zu wecken, als seine Erektion in ihre Hand fiel. Mit dem Daumen umkreiste sie seine Eichel. Sie stellte sich vor, ihn wieder in sich zu haben und ihr Geschlecht meldete sich gierig zu Wort. Ihre Finger wanderten tiefer, fanden und massierten den empfindlichen Hoden.

Zantu presste seine Mitte gegen sie und wickelte die Arme fester um sie. Nicht so fest, dass es wehtat, doch hart genug, dass sie nicht entkommen konnte. Ein ausgeprägtes Knurren kroch über seine Kehle und erreichte ihren Verstand: *Guten Morgen, mein kleiner Engelfisch. Oder sollte ich Teufelfisch sagen?*

Seine Worte lösten einen Schauer in ihr aus und fachten ihre Begierde an.

Er fand ihre Hand mit seiner, um seine harte Länge gewickelt, und nötigte sie dazu, seinen Schaft nach unten zu drücken. Die Spitze strich über ihren Hintern und sie setzte ihre Hüfte in Bewegung, um sich an ihm zu reiben. *Heilige Abgründe, Weib. Wir liegen auf dem Bett meines Bruders.*

Na und?

Er schob sie noch höher, bis er mit seiner Eichel durch ihre feuchte Spalte gleiten konnte. Dann fand er mit beiden Händen ihre Brüste, zwickte in ihre Nippel, bis sie sich für ihn aufrichteten.

Sie wölbte sich, streckte ihm ihren Hintern entgegen, damit er sie endlich nahm, doch er betörte sie lediglich, sein Schaft neckend an ihrem Eingang. Er schickte: *Ich will deine Lippen küssen.*

Sie versuchte, sich umzudrehen, jedoch hielt er sie in der Position.

Diese Lippen meine ich nicht. Er hob sie höher, seine Brust strich über ihren Rücken, Haut an Haut, starke Hände an ihren Hüften. Sein Kinn fuhr ihre Wirbelsäule entlang und sie erschauerte. Als er ihren Hintern erreichte, fühlte sie seine Zunge, die betörend den Anfang ihrer Pospalte erkundete. Seine Hände packten ihre Arschbacken und spreizten sie auseinander. Ein Daumen bahnte sich einen Weg zu ihrem Arschloch, umkreisten es, woraufhin es ihm betörend zuzwinkerte. Oh Gott, sie sehnte sich nach mehr.

Während sein Daumen sie in den Wahnsinn trieb, glitt er mit seinem Gesicht in südlichere Gefilde. Sie schnappte nach Luft, als er sie umdrehte und sein Kopf zwischen ihre Schenkel tauchte. Seine Zunge kostete ihre Schamlippen und fand schließlich ihre Klitoris. Der Druck seines Mundes schickte Lustschauer durch ihren Körper, von ihrem Bauch zu ihrem Geschlecht und zurück.

Nach einer Weile bemerkte sie, dass sie von den Schwämmen abhoben und nun im Wasser schwebten. Sie wedelte mit den Gliedmaßen, suchte nach Halt, als Zantu sich mit seiner Zunge und seinen Zähnen an ihrer Klitoris zu schaffen machte.

Berühre deine Brüste, befahl er. *Zwicke deine Nippel für mich.*

Sie packte ihr Fleisch, zwickte in ihre Knospen, bis die elektrisierenden Empfindungen seines Mundes auf ihre Nippel übergingen.

Sein Mund kostete von ihrer Pussy, seine Zunge umkreiste ihren Eingang. *Ich brauche dich*, dachte sie.

Dann fing er an, zu singen.

Die tiefen Vibrationen drangen in ihre Knochen vor, füllten sie so tief, als würde er sie ficken. Diese Empfindung schwoll so enorm an, dass sie nach einer sofortigen Erlösung verlangte. Gleichzeitig betete sie, dass sie diesen Moment niemals vergessen würde. Alles kribbelte, sie spannte sich an, unfähig, dem Lied zu entkommen. Der pulsierende, einnehmende Takt bearbeitete sie ausführlich, bis ihr Körper von einem ekstatischen Orgasmus mitgerissen wurde.

In einer geschmeidigen Bewegung riss Zantu sie nach unten, um seine harte Länge in ihr zu vergraben.

Seine Hände auf ihren Hüften hielten sie an Ort und Stelle, als er hart und erbarmungslos zur Sache ging. Sie spreizte die Beine weiter und wickelte sie um ihn, damit er tiefer in sie eintauchen konnte. Sie wollte, dass sein Schwanz ihre Seele berührte. Sie wollte, dass er so intensiv kam, dass er für immer mit ihr verschmolz.

Ein Keuchen entrang ihm; dann packte er sie fester und ergoss sich tief in ihrer Hitze.

ZANTU ERWACHTE zu dem morgendlichen rosafarbenen Sonnenlicht, das sich durch die Tang-Decke über ihnen wagte. Nachdem sie Liebe gemacht hatten, war er wieder ins Land der Träume abgedriftet, seine Gefährtin in seinen Armen wie eine wertvolle Perle. Langsam löste er sich von Brianna und rutschte aus dem Schwammbett. In der Nacht hatte sein Bruder sich wahrscheinlich einen Unterschlupf gesucht. Doch jetzt war der Morgen angebrochen und er sollte bald ins Nest zurückkehren. Hoffentlich bekam sein Bruder nie heraus, dass er mit seiner Gefährtin in seinem Bett Sex hatte. Selbst wenn er es herausfände, wäre es das wert gewesen.

Der gewöhnliche Fischgesang streifte durchs Wasser. Nichts schien ungewöhnlich. Er wollte Rubac keine

Anfrage schicken und riskieren, Brianna damit aus dem Schlaf zu reißen. Also entschied er, stattdessen die erste Mahlzeit zu besorgen. Die abgeernteten Seegras-Beete würden keine Mahlzeit bieten. Allerdings wollte Zantu nicht, dass sein Engelfisch den Tag hungrig begann.

Rubac benutzte keine Gegenstände von Menschen. Erst in Ebbys Sachen fand er eine wunderschöne kobaltblaue Schüssel. Mit dem Fund schwamm er zu den Beeten und suchte nach essbaren Blättern und Früchten, während er die neuen Sprösslinge unberührt ließ. Der Garten war in einem schlimmen Zustand. Wie lange hatte Rubac trauernd verbracht und Ebby sich selbst überlassen?

Er entschied, ums Nest zu schwimmen – einerseits, um nach Essen Ausschau zu halten, andererseits, um bei Bedrohung rechtzeitig reagieren zu können. Ein Garibaldi-Fisch nicht weit von ihm entließ eine Melodie, die nach Regen auf der Wasseroberfläche klang. Weiter draußen klickte eine Muräne mit ihren Zähnen, bevor sie sich wieder in ihre Felsspalte zurückzog. Zantu war erfolgreich und fand ein Beet mit Rotalgen, lehnte sich vor und erntete eine großzügige Menge.

Etwas strich über seine Rückenflosse. Er drehte sich und sah sich einem gelben Putzfisch gegenüber, sein winziges Maul gespitzt, so als würde er ihm gerne eine Nachricht übermitteln. „Was ist los, Kleiner?"

„Tut mir leid, Bruder", sagte der Winzling – Putzfische waren perfekt für Mitteilungen geeignet. „Es war Zeit für die Anhebung. Tut mir leid, Bruder. Es war Zeit für die Anhebung."

Mit weit aufgerissenen Augen starrte er auf den gelben Fisch. Sein Bruder war zu den Wilden Tiefen geschwommen? Was war mit Ebby? Heilige Abgründe, er musste das Meerkind mitgenommen haben! Den Boten hatte sein Bruder für ihn hinterlassen, falls Rubac nicht zurückkehrte. Er sah dem fliehenden Fisch hinterher, bis er im Seetang-Wald verschwand, sein Job erledigt.

Zantu glitt die Schüssel aus der Hand und er schwamm zurück ins Nest. Bei seiner Ankunft drehte sich Brianna auf den Schwämmen zu ihm, streckte sich auf eine Weise, für die er im Moment keine Zeit hatte, sie zu genießen. *Ich muss meinem Bruder folgen. Er hat Ebby zu den Wilden Tiefen mitgenommen.*

Sie setzte sich im Bett auf. *Warum?*

Unter den Meerleuten gibt es einen Mythos: Wenn eine Seele bereits in den Kreislauf des Ozeans eingetreten ist, kann diese durch ein altes Ritual befreit werden. Diese Anhebung, wie wir es nennen, ist nur in den Wilden Tiefen möglich, mithilfe eines uralten Blauwals. Er schwamm zu ihr und hob sie in seine Arme. Jetzt erkannte er, dass er ihr bisher noch nichts von den Wilden Tiefen erzählt hatte. Sein Ziel war es von Anfang an gewesen, sie vor diesem Ort zu bewahren. *Die Tiefen befinden sich hinter dem Seetang-Wald, wo sich Haie, Kalmare und viele andere Raubtiere tummeln. Dort gibt es keine Orientierungspunkte, um uns zu führen, lediglich die kraftvolle Strömung, die sogar für einen Meermann gefährlich ist. Ich kann dich dort nicht hinbringen. Und ich kann dich auch nicht hierlassen.*

Sie packte seine Oberarme und drückte sich von ihm weg. *Was willst du mir damit sagen?*

Es dämmerte ihm, dass er mit seinen Worten andeutete, sie gehen zu lassen. Sie in ihr Leben zurückzuschicken.

Oh nein, das wirst du nicht! Wir sind Gefährten, oder nicht? Was auch immer wir tun, tun wir gemeinsam. Außerdem befindet sich das Ufer in der entgegengesetzten Richtung. Dafür bleibt keine Zeit. Ich werde dich begleiten. Gib mir ein Messer oder etwas in der Art, so kann ich potenzielle Raubtiere abwehren.

Die Entschlossenheit in ihren Gedanken raubte ihm den Verstand. Die ganze Zeit hatte er glauben wollen, dass sie tatsächlich mit ihm zusammen sein wollte. Doch wenn er ehrlich war, hatte er nur darauf gewartet, dass sie ihn enttäuschte. Dass sie ihn, wie jede Meerfrau schon bald verlassen würde. Nun beobachtete er jedoch, wie sie durch Ebbys Spielzeuge pflügte, auf der Suche nach einer Waffe. Sie hatte wirklich und wahrhaftig vor, ihn auf einer Mission zu begleiten, die sie beide das Leben kosten könnte.

Jeder Vorbehalt, den er in seinem Herzen trug, wurde davongespült.

Dennoch eliminierte diese Erkenntnis nicht das offensichtliche Problem.

Auch er wühlte durch Rubacs Schätze und erspähte kleine Figuren, Schmuck und mythische Artefakte. Etwas Hilfreiches war jedoch nicht dabei. Er hob den Blick und sah, wie Brianna mit einer langen Stange herumfuchtelte, an der ein Netz angebracht war, das breiter als seine Schultern war. *Dieses Ding kann ich benutzen, um Kreaturen zu verscheuchen oder in dem Netz einzufangen.*

Trotz seiner aufkeimenden Panik musste er lächeln. *Mein erbitterter, kleiner Engelfisch.*

10

Zantu hielt Brianna fest an seine Brust gedrückt, als er den Seetang-Wald verließ. Seit Stunden waren sie unterwegs, auf dem Weg zum großen Abgrund, wo Raubtiere andere Raubtiere jagten, oftmals aus Spaß. Das fehlende Blattwerk, zusammen mit dem plötzlichen Fall ins absolute Nichts, wirkte sich jedes Mal auf seinen Magen aus. Seinen letzten Ausflug in die Wilden Tiefen hatte er gewagt, als bei einem Herbststurm Frachtcontainer über Bord gespült wurden. Beinahe hatte er an diesem Tag seine Freiheit verloren, denn er war einer dunkelhaarigen Verführerin begegnet. Nun riskierte er etwas weitaus Wertvolleres.

Er schickte einen Sonarimpuls, um die dunklen Tiefen zu überprüfen. Das Lied würde ihm nicht nur die

Information garantieren, was sich vor ihm befand, sondern diente auch dazu, Kalmare zu verscheuchen. Haie und Wale stellten ein anderes Problem dar. Es war schwieriger, sie zu verschrecken, doch darum würde er sich kümmern, wenn er auf einen traf.

Wie sollen wir die beiden finden?, fragte Brianna.

Er zeigte auf eine Krillwolke, die das ohnehin eingeschränkte Licht von oben weiter verschleierte. *Siehst du den Krill? Wale folgen dem Krill, und Rubac sucht nach Walen.*

Er entließ eine explosionsartige Note, auf der Suche nach den gigantischen Tieren. Nichts.

Ich kann rein gar nichts sehen. Das Zittern in ihren Gedanken gab seine eigene Nervosität wieder.

Es gibt auch nichts zu sehen. Wale haben den Schwarm noch nicht ausfindig gemacht. Wir werden weitersuchen.

Er gewann an Tempo, entfernte sich mehr und mehr von der Sicherheit des Tang-Waldes, weiter hinab in die unendlichen Tiefen des Ozeans. Die wahrhaftigen und einschüchternden Wilden Tiefen würden sie erst erreichen, wenn das Gewässer vom Norden hinzukam und sich mit der Strömung des Riffs verband. So tief war er das letzte Mal geschwommen, als er und Rubac das Nest ihres Vaters verlassen hatten. Dort hatten sie ihr erstes versunkenes Schiff gesehen. Auch hatte sich

Rubac an diesem Tag mit weisen Walen unterhalten, die ihm von dem Mythos erzählten, dem er jetzt nachjagte.

„Versenkt seist du, Rubac", murmelte er in seinem Lied. Wäre Ebby in der Lage, die kalten Tiefen zu überleben? Was war mit Brianna?

Aus einer gewissen Entfernung erreichte ihn ein Trommelschlag, ein gewaltiges Stöhnen folgte.

Brianna krallte sich an seinen Schultern fest. *Was war das?*

Er drückte sie beschwichtigend an sich, sein eigener Puls laut in seinen Ohren. *Blauwale.*

Ein entmutigendes Dröhnen pulsierte durch das Wasser, als ein Wal ihre Anwesenheit bemerkte: „Spiel dein Spielchen in einem anderen Pool", kam die schwerfällige Warnung. „Für eine Nacht hast du genug Ärger angerichtet."

Zantu wurde langsamer. „Ich bin nicht hier, um Spielchen zu spielen. Ich suche meinen Bruder und sein Kind. Hast du sie gesehen?"

Eine dunkle Form schob sich zwischen sie und die Wasseroberfläche. Zantu wedelte mit der Flosse, um nicht mitgerissen zu werden.

„Ah, Meermann", krächzte der Wal, sein muschelbesetzter Körper schien endlos in die Dunkelheit zu reichen. „Ich hielt dich zunächst für eine weibliche Version eurer Sippschaft. Eure Weibchen finden Spaß daran, die Haie in der Nähe in einen Rausch zu versetzen."

Zantu widerstand dem Drang, eine Anfrage in die Umgebung zu schicken. Haie waren schon schlimm genug, und nun musste er auch noch nach Meerfrauen Ausschau halten. „Hast du einen anderen Meermann gesehen? Mit großer Wahrscheinlichkeit hätte er dich gebeten, bei einer Anhebung behilflich zu sein."

Der Trommelschlag war erneut zu vernehmen und ein großes Maul erschien, so groß, dass es das Paar verschlingen könnte. „Eine Anhebung? Merkwürdig." Das Maul trieb an ihnen vorbei, ein dunkles Auge folgte wie ein schwarzer Mond, der krasse Gegensatz zu der hellen Sonne, die sich über ihnen schwach andeutete.

Brianna blieb überraschend entspannt, wenn man die offensichtliche Musterung des Wales bedachte. Aufgeregt, aber nicht verängstigt, sogar verleitet, die Hand auszustrecken, um die narbenversehene Haut zu berühren. *Verstehst du, was er sagt?*

Mit dem Auge auf sie gerichtet, hallte ein Stöhnen durchs Wasser. „Was ist das? Ein Landläufer? Ein Mensch?"

Angespannt blähte Zantu seine Brust auf und ließ sein Lied an Lautstärke gewinnen. Er wollte, dass es keinen Zweifel daran gab, wie weit er gehen würde, um Brianna zu beschützen. „Meine Gefährtin."

Der Wal blinzelte und schien einen Seufzer zu entlassen. „Seit Jahrzehnten habe ich keine menschliche Gefährtin mehr gesehen. Du musst viel lernen. Aber für den Moment …" Der Wal stimmte einen schweren Ton an, passend zu einer Beerdigung. „Ich denke, ich höre deinen Bruder."

Aus der Ferne traten schwach die vertrauten Melodien seines Bruders an seine Ohren. Der Wal antwortete mit einem Stöhnen, das den gesamten Ozean zum Beben brachte und trieb dann an ihnen vorbei, auf der Suche nach vielversprechenderen Jagdgründen.

„Rubac!", sang Zantu und schwamm ihm entgegen.

Du hast ihn gefunden? Brianna krallte sich mit einer Hand an ihm fest, während ihre rechte die Stange mit dem Netz umklammerte, um ihre Waffe in der Strömung nicht zu verlieren.

Nicht weit von uns, ja.

Zantu entließ eine Sonaranfrage nach der anderen, um Rubacs Aufenthaltsort aufzuspüren. Das Lied seines Bruders hatte mittlerweile aufgehört, nur die hohen, weitaus unsicheren Töne von Ebby erreichten ihn noch. „Onkel Zantu!"

Auf der Stelle schoss er los, angezogen von Ebbys Stimme. Schließlich entdeckte er Rubac.

Gleich neben der unverkennbaren Form einer Meerfrau.

Zantu hielt abrupt an. *Der Wal meinte, dass sich in der Nähe eine Meerfrau aufhält,* kommunizierte er zu Brianna.

Oh, Scheiße. Abwehrend positionierte Brianna ihre Waffe auf Brusthohe und sah sich hektisch um. *So nervig, dass ich nichts sehen kann.*

Ich kann Ebby nicht entdecken. Zu seiner Linken erklang ein Sonett, begleitet von den Noten einer Harfe. Er wirbelte herum und sah aus den Augenwinkeln einen türkisen Meerschwanz. *Heilige Abgründe, es ist mehr als eine.*

Er drehte sich zu Rubac, schwamm in der Hoffnung an seine Seite, als Team stärker zu sein. Die Meerfrau, die seinen Bruder neckte, hatte gelbe Haare und einen goldenen Schwanz. Didra.

„Oh, ihr seid zu unserer Party gekommen!" Aufgeregt klatschte sie in die Hände. „Rubac ist so ein Langweiler."

„Wo ist Ebby?", fragte Zantu. Zu seiner Erleichterung erschien das Kind aus dem mit Krill befüllten Wasser. Es blieb auf Abstand, ihr Blick auf ihren Vater gerichtet.

Ein Duett hinter ihm warnte ihn rechtzeitig, um Brianna aus der Reichweite einer schwarzhaarigen Meerfrau zu ziehen. Ihr dunkler Schwanz fing das wenige Licht ein und funkelte in einem Grün mit violetten Funken, als sie an dem Paar vorbeischwamm. Ein Teil ihres Meerfrauenschwanzes fehlte, eine alte zackige Narbe, die lange verheilt war. Sie sang verführerisch: „Ich habe von dir gehört, Zantu."

Die dritte Meerfrau im Bunde war ihm sehr wohl bekannt. „Loia." Sie spielte auf ihrer Harfe und lachte, während ihre kleinen Helferlein einen Schleier um sie formten und im Rhythmus ihres Instruments tanzten. „Ich habe dich gewarnt, dass ein Landläufer für einen Meermann nicht der richtige Partner ist. Vor allem nicht für einen großen und starken Mann wie dich. Niemals wird sie in der Lage sein, mit unseren Spielchen mitzuhalten."

Briannas Fingerknöchel an der Hand um ihre Stange waren weiß, so fest packte sie zu. Jeder Muskel in ihr war angespannt. *Was sagt sie?*

Sie droht uns. Hinter sich spürte er, wie sich Didra bewegte. Sein Bruder blieb ungewohnt still, seine Lider auf halbmast, seine Schwanzflosse unbeweglich. Und es gab kein Anzeichen auf sein totes Baby. „Rubac? Alles okay bei dir?"

Keine Antwort.

Dann kam die schwarzhaarige Meerfrau von unten, rieb mit ihren scharlachroten Nippeln über Zantus Haut. Brianna versuchte, von der Bedrohung zurückzuweichen, wodurch er den Halt an ihr verlor. Glücklicherweise reagierte er rechtzeitig und zog sie wieder eng an sich.

Eine Armlänge entfernt schlug die Meerfrau einen Rückwärtssalto und wandte sich ihnen erneut zu, woraufhin ihm ein winziger Pfeil zwischen ihren Fingern auffiel. Sofort wusste er, was mit Rubac los war. Liebesserum.

Die Stimme der Meerfrau war mit verspielter Täuschung unterlegt, ihre schillernde, vernarbte Flosse schwang hypnotisierend. „Was wohl passiert, wenn ich es an ihr verwende?"

Seine Brust blähte sich auf: „Ich werde dich umbringen, wenn du sie berührst."

Briannas Gedanken wirbelten herum wie Wasserhosen, ihre Augen sprangen von einer Meerfrau zur nächsten und wieder zurück. Mit dem Netz an der Stange hielt sie Loia auf Abstand. *Wir sind umzingelt.*

Fingerspitzen kitzelten über seine Rückenflosse, sandten einen Schauer durch sein Blut, als Loias sinnliche Melodien Begierde in ihm entfachten. „Oh ja, wir werden viel Spaß haben."

Er drehte sich, um eine Hand wegzuschlagen. Loias Armee aus Fischen hüllte sie ein. Mit einem Sonarstrahl verscheuchte er sie. Der Geruch nach Blut hing im Wasser. Briannas Blut. Er musste sie hier wegbringen. Genau wie Ebby. Und zwar schnell. Sein Bruder ... sein Bruder musste für sich allein kämpfen. Er spannte die Muskeln in seinem Schwanz an und setzte sich in Bewegung. „Ebby, schwimm nach Hause!"

Etwas knabberte an seiner Flanke. Für einen Moment dachte er, es handelte sich um einen Fisch von Loia. Mit der Hand fand er die Stelle und musste rasch erkennen, dass der Pfeil in seiner Hüfte steckte. Verdammte Abgründe, sie hatten ihn mit dem Gift erwischt. Er riss den Pfeil heraus, nutzte sein Momentum und schwamm weiter. Ebby folgte ihm. Die Wirkung des Giftes machte sich bemerkbar, ein

Nebel legte sich um sein Bewusstsein. Seine Muskeln schmerzten und er zwang sie, weiterhin seinen Befehlen zu gehorchen. Er musste seine Gefährtin in Sicherheit bringen. Sein Griff um Brianna wurde schwächer, ihr Körper rutschte herab. Gerade rechtzeitig riss er sie mit der Kraft, die er noch aufbringen konnte, wieder an sich.

Verzweifelt krallte sie sich an ihm fest, ein Arm um seinen Nacken, und ihre Beine paddelten, um ihm zu helfen. *Zantu, was ist los?*

Sie hat mich mit einem Liebesserum erwischt. Schon bald werde ich wie gelähmt sein. Er fand keine Lösung. Was sollte er tun? Sein Blick suchte die dunklen Tiefen ab. Nach einem Versteck für Brianna. Erneut lockerte sich sein Griff und er erkannte, dass er langsam den Kampf gegen die Strömung verlor.

„Onkel Zantu, was ist mit Dad?"

Verdammte Abgründe, Ebby war ebenfalls in Gefahr. Nicht durch Meerfrauen, denn Didra würde nicht erlauben, dass die anderen ihr eigen Fleisch und Blut verletzten. Allerdings würde sich auch nicht ihr Mutterinstinkt melden. Nein, es war ihr egal, ob es Ebby sicher ins Nest schaffte. Die Gefahr war groß, dass das Meerkind nicht überlebte. „Er wird es schaffen." Er betete, dass er gerade keine Lüge gesungen hatte. „Ich werde bald gelähmt sein, wie dein

Vater. Du musst zurück zum Seetang-Wald. Und du musst Brianna mitnehmen."

„Ich kenne den Weg nicht."

Er öffnete seinen Mund, um dem Kind eine Beschreibung zu geben, aber seine Stimme war dem Gift bereits zum Opfer gefallen. Mittlerweile gab auch sein Arm auf, konnte Brianna nicht länger halten.

Zantu?

Du musst Ebby den Weg nach Hause zeigen. Wenigstens funktionierte noch ihre mentale Verbindung.

Wie? Ich kenne den Weg nicht, und selbst wenn, wie soll ich mit Ebby kommunizieren?

Folge der Strömung zu eurer Rechten. Halte dich von der kalten Schicht fern, sonst werdet ihr auf den Grund des Meeres gezogen. Wenn du die Kälte spürst, weiche aus und schwimme so schnell wie möglich nach oben. Ebby tauchte in seinem Blickfeld auf, türkise Augen verwirrt und verängstigt. Er betete, dass das Meerkind Brianna Vertrauen schenkte.

Das Lachen der Meerfrauen prallte gegen sie wie Hagel auf die Wasseroberfläche.

Küss mich, dachte er.

Was?

Du musst mich jetzt loslassen, und ich will dich nicht gehen lassen, ohne deinen Atem-Bund vorher aufgefrischt zu haben. Die Vorstellung, dass sie ertrinken könnte, war lähmender als das Gift in seinen Adern. Er konnte nur hoffen, dass sie die Wasseroberfläche erreichte, bevor die Magie nachließ.

Nein! Sie werden dich zerfetzen! Der Horror, der ihren Verstand vereinnahmte, klang verzweifelter als an dem Tag, an dem sie sich im Tang-Wald verheddert hatte.

Wenn du es nicht tust, werdet ihr, du und Ebby, sterben.

Briannas Blick fand das Meerkind und er beobachtete, wie das bezaubernde Gesicht seiner Gefährtin von Kummer eingenommen wurde. *Ich will dich nicht verlassen.*

Ich weiß. Er versuchte, seine Gedanken gelassen klingen zu lassen, wollte sie nicht noch mehr aufregen. *Du musst es tun. Du musst das Kind retten.*

Sie biss sich auf die Unterlippe und nickte. Ihre wunderschönen, grünen Augen waren gramerfüllt, gerötet von unvergossenen Tränen. Sie nahm sein Gesicht zwischen ihre Hände und presste ihre weichen Lippen gegen seine. *Ich liebe dich.*

Das Gift entriss ihm nur seiner Fähigkeit, sich zu bewegen. Fühlen konnte er noch, und dafür war er dankbar, denn diese Erinnerung würde er für immer in seinem Herzen tragen. *Ich liebe dich auch, Engelfisch. Und jetzt schwimm. Finde deinen Weg ans Ufer.*

Sie ließ ihn los und drehte sich zu dem Meerkind. Ebbys Schwanz schimmerte in alarmierenden Farben, bis es sich instinktiv für eine Tarnfarbe entschied. Die Aufmerksamkeit des Kindes wanderte zu Brianna und zurück zu Zantu. „Ich kümmere mich um sie, Onkel Zantu."

Ebby streckte eine winzige Hand nach Brianna aus. Zusammen, Hand in Hand, schwammen sie in die Finsternis des dunklen Wassers.

BRIANNA PACKTE Ebbys Hand und trat mit ihren Beinen, damit das Meerkind nicht die ganze Arbeit hatte. Die Lieder der Meerfrauen hallten in dem Versuch durchs Wasser, sie zurückzulocken. Sie fragte sich, ob auch Ebby diese Anziehungskraft spürte, oder ob Meerkinder – da sie keinem Geschlecht zuzuordnen waren – dagegen immun waren. Nun ergab der biologische Grund für die Geschlechtslosigkeit der Meerkinder Sinn.

Die Lieder verdoppelten ihren Widerwillen, Zantu zurückzulassen, und sie musste sich zwingen, weiter zu schwimmen. Gäbe es nicht das Kind, wäre sie bei ihrem Gefährten geblieben, um die abscheulichen Meerfrauen bis zum bitteren Ende zu bekämpfen – wahrscheinlich bis zu ihrem eigenen Tod. Sie betete, dass er eine Möglichkeit fand, zu fliehen. Dass er sie wiederfand. Sie hatte Hoffnung, denn er war der stärkste und entschlossenste Mann, den sie jemals kennengelernt hatte.

Das Kind zog sie hinter sich her, nutzte die Strömung zu seinem Vorteil. Bald würden sie dagegen ankämpfen, die Richtung wechseln müssen, um zu dem Seetang-Wald zu gelangen. Brianna machte auf sich aufmerksam, indem sie an Ebbys Hand riss. Mit ihrer freien Hand zeigte sie in die Ferne und achtete darauf, die Strömung, wie von Zantu instruiert, zu ihrer Rechten zu wissen.

Das Meerkind zog bei Briannas wortloser Weisung die Augenbrauen hoch. Es blinzelte zweimal, nickte dann und änderte die Richtung.

Brianna entließ einen Seufzer aus Bläschen, dankbar, dass das Kind nicht mit ihr diskutierte. Zantus letzter Wunsch war es gewesen, dass sie Ebby in Sicherheit brachte – und diesen würde sie erfüllen, koste es, was es wolle! Sie gab alles, mobilisierte ihre Beine, doch sie merkte bereits, dass eine nahende Erschöpfung drohte. Das Netz bot zu viel Widerstand, wahrscheinlich da sie jetzt gegen die Strömung schwammen. Die arme kleine Ebby kam nur unter großer Anstrengung voran.

Sie spürte einen Krampf in ihrer Wade, beugte sich vor, um die Stelle zu massieren, ohne ihre Waffe zu verlieren. Die winzigen Abdrücke der Fische, die die Meerfrau auf sie gehetzt hatten, bluteten noch immer.

Brianna schluckte schwer und sah sich in der Umgebung um. Hatte Zantu sie nicht vor Raubtieren gewarnt? Vor nicht allzu langer Zeit hatte sie eine Dokumentation über Kalmare gesehen. In dieser war ein schwarzgrünes Video gezeigt worden, in dem sich eine menschengroße Kreatur an der Maske des Tauchers festgesaugt hatte. Das kratzende Geräusch des Schnabels hallte in diesem Augenblick durch ihren Verstand. Zantu hatte gesungen, um nach Raubtieren Ausschau zu halten, während Ebby schweigend durchs Wasser glitt. Brianna hoffte, dass es sich dabei um einen weiteren Überlebenstrick handelte, genau wie die Geschlechtslosigkeit, die Meerkinder scheinbar vor den verlockenden Liedern der Meerfrauen schützte.

Über ihnen verlor die Sonne an Strahlkraft und der Ozean um sie herum war spürbar kühler an ihrer Haut. Sie orientierte sich an der Oberfläche und zielte mit ihrem Netz wie ein Profi. In ihrem Bein kündigte sich ein neuerlicher Krampf an, doch sie gab nicht auf, trat mit den Beinen, schwamm vorwärts, bis Ebby ihr

Problem auffiel und sich darauf einstellte. Die Zugkraft nach unten war noch entschlossener als die bisherige Strömung und es dauerte eine Ewigkeit, bis Brianna warmes Wasser spürte, das ihr wieder Antrieb verlieh. Mit der Sonne im Blick bewegte sie sich wie eine Verrückte auf das Zentralgestirn zu.

Plötzlich erstarrte Ebby, wirbelte herum. Ein Angstschauer übertrug sich auf Brianna und sie versuchte, in der Finsternis zu erkennen, was das Kind so erschreckt hatte. Schatten. Schatten, die sich bewegten. Hatten die Meerfrauen sie gefunden? Eine hocherhobene Rückenflosse schnitt durchs Wasser.

Haie.

Echt jetzt? Haie? Langsam hatte sie das Gefühl, in einem Horrorfilm gelandet zu sein. Und in keinem Guten. Sie packte ihre Waffe fester, obwohl sie sich im Klaren darüber war, wie nutzlos das Teil war.

Die Tiere schwammen geschmeidig auf sie zu, Mäuler mit Reihen aus scharfen Zähnen gefüllt. Der Größte übernahm die Führung. Als ein kleiner Hai es wagte, nach vorne zu schwimmen, wurde er von dem Großen durch einen Seitenhieb wieder in die zweite Reihe geschickt. Ein dritter Hai nutzte die Gunst der Stunde und schlängelte sich an den beiden Streithähnen vorbei, sein Fokus einzig und allein auf seiner Beute.

Zum ersten Mal entließ Ebby einen gedehnten Ton. Es kam nicht an die autoritäre Stimme von Zantu heran, doch es zeigte Wirkung. Die Haie wichen aus – alle, abgesehen von dem Anführer. Das Monster schien froh darüber zu sein, dass die Konkurrenz aus dem Weg war.

Brianna gab Ebbys Hand frei, um dem Kind die Flucht zu ermöglichen. Doch damit war Ebby nicht einverstanden. Stattdessen packte das Meerkind Brianna fester und schüttelte den Kopf in ihre Richtung. Hatte Ebby eine Idee?

Das Maul des Haies öffnete sich zu einem ovalen Abgrund mit scharfen Zähnen. Brianna zielte mit dem Netz auf das Tier, hoffte, dass sie es dadurch zumindest auf Abstand halten konnte. Der Hai war beweglicher und intelligenter als erwartet, schob das Netz mit der Nase beiseite und glitt an der Stange entlang auf das verängstigte Paar zu. Im letzten Moment riss Ebby Brianna aus der Gefahrenzone. Die raue Haut des Biestes streifte Briannas Fuß und hinterließ ein Brennen.

Ebby drehte sich um, ihr kleiner Schwanz wühlte Wasser auf, während sie gleichzeitig eine neue Melodie sang. Der Hai schien wenig beeindruckt, machte kehrt und wagte einen neuen Angriff. Das Meerkind festigte ihren Halt um Brianna, doch sie spürte, wie sie vor

Angst zitterte. Brianna wurde klar, dass Ebby gegen das Biest keine Chance hatte – egal, wie mutig es sich auch zeigte.

Entschlossen riss sie ihre Hand frei, nahm die Stange mit dem Netz in beide Hände und schwang die Konstruktion schwerfällig durch das Wasser, vor dem Hai hin und her. Wenn sie es schaffte, die Stange ins Maul des Haies zu stoßen, wäre Ebby vielleicht in der Lage, zu entkommen.

Ebby entließ einen gesungenen Schrei und der Hai zuckte nach rechts.

Genau in die Schlinge des Netzes.

Das Tier schoss nach vorne, verschlimmerte seine Situation. Durch das Gezappel verhedderte sich auch seine Rückenflosse. Brianna wurde mitgerissen, ihr Griff an der Stange rutschte. Das Netz schien den Hai gleichermaßen zu verwirren und zu verärgern. Er drehte sich um seine eigene Achse, versuchte, sich zu befreien. Brianna hielt sich fest – als zogen sie dem Teufel am Schwanz.

Ebby positionierte sich vor der Schnauze des Monsters und zog so die Aufmerksamkeit auf sich. Weiterhin wehrte sich das Tier entschlossen gegen die Einschränkung, sein Blick auf Ebby gerichtet, gebremst durch Brianna, die es an der Leine hatte. Zuerst vermutete sie, dass das Meerkind den Hai als Zugtier benutzen wollte, um schneller nach Hause zu kommen. Stattdessen näherte sich Ebby der Strömung, die zurück zu Zantu und den Meerfrauen führte.

Wirklich eine verteufelte Situation.

11

Zantu schloss die Augen und versuchte, die Wirkung von Loias Lied abzuwehren. Ihre Hände fuhren über seine Brust und seine Arme, ihre endlose Melodie erzählte von seinem Körper und von ungeahnter Lust. Eine Hand fand die Stelle, an der sich sein Schaft verbarg, um ihn herauszulocken.

Eine zweite Stimme leistete ihr Gesellschaft, ein Kampf um die Vorherrschaft. Er öffnete die Augen ein wenig. Die schwarzhaarige Meerfrau wog im gedämpften Licht, ihre Haut ein funkelnder Traum. Ihre scharlachroten Nippel waren so spitz wie der Pfeil, mit dem sie ihn getroffen hatte. Ihre Genitalspalte hatte sich geöffnet, entblößte verborgene Verlockung, und er fühlte, wie sich seine Erektion ohne seine Einwilligung regte.

Loia quietschte eine Beschwerde und setzte ihre Fischarmee auf den Neuankömmling an.

Die dunkle Meerfrau antwortete: „Mein Pfeil hat ihn niedergestreckt!"

Das Wasser wühlte sich auf, bildete Schaum, und tote Fischteile trieben an ihm vorbei, als sich die beiden auf einen körperlichen Kampf einließen. Die dunkel funkelnde Meerfrau wirbelte herum und schlug Loia mit ihrer vernarbten Schwanzflosse ins Gesicht. Blut strömte. Loias Hand flog zu ihrem Mund und sie zuckte zurück, wobei sie ihre Harfe fallen ließ.

Die Gewinnerin schwamm auf Zantu zu, ein raubtierartiges Grinsen auf ihren Lippen.

Loia erholte sich und schoss nach vorn, der Mund geöffnet, um ihre scharfen Zähne in die Schulter ihrer Konkurrentin zu schlagen.

Aus den Augenwinkeln sah er, wie sich etwas Goldenes näherte. Didra. Wenn sich zwei stritten, freute sich die Dritte, wie es schien. Sie presste ihre korallfarbenen Nippel gegen Zantus Brust. Das Lied, das sie ihm ins Ohr raunte, war leise, subtil und köstlich einladend.

Seine Erektion drückte sich gegen ihre Genitalspalte. Die Hilflosigkeit des Serums kratzte an seiner Seele. Brannte durch seine Adern. Wütete gegen die Ungerechtigkeit, wie übermächtig das weibliche

Geschlecht war. Seine Fingernägel bohrten sich in seine Handflächen, als er jeden Muskel in seinem Körper anspannte und gegen das Versprechen auf Lust ankämpfte.

Der nächste wütende Ausruf und schon wurde Didra von ihm weggerissen. Das Aufblitzen von Indigoblau, Gold und funkelndem Schwarz kreierte einen berauschenden Tanz. Das tiefe Dunkel des Wassers wurde aufgewühlt, ein Nebel aus Fischüberresten und Blut. Erzürnte Meerlieder kollidierten miteinander, als alle drei versuchten, die beiden anderen auszustechen und zu übertreffen. Ihre Noten verschmolzen zu einer urtümlichen Melodie, einer Symphonie der Lust.

Das Blut rauschte in seinen Ohren und sein Herzschlag übertönte das tosende Gewässer. Er ballte seine Hände zu Fäusten, konzentrierte sich auf das Gefühl seiner Nägel, die sich in seine Handflächen bohrten. War es möglich, dass das Gift nachließ?

Wie aus dem Nichts prallte etwas in den Kampf der Meerfrauen. Geschockt stellte er fest, dass es sich um einen riesigen Hai handelte – geführt von einem Menschen …

Brianna?, entsandte er.

Es war zu chaotisch, um eine Antwort zu hören. Nun färbte sich das aufgewühlte Wasser rot. Und es war nicht länger reines Fischblut. Trotz allem zeichneten sich die Stimmen der Meerfrauen mit Verführung aus.

Brianna!, schickte er erneut. Er musste sie sich eingebildet haben. Wie wäre es ihr möglich, einen Hai zu kontrollieren? Selbst mit einem Meerlied wäre es niemals vorstellbar, die Kontrolle über eines dieser Biester zu erlangen. Bisher hatte es sich nur als erfolgreich erwiesen, die Tiere gegeneinander aufzuhetzen. Brianna konnte nicht mal singen.

Seine Schwanzflosse zuckte. Er sammelte seine übrigen Kräfte, um das verbliebene Gift zu bekämpfen und seine Mobilität zurückzugewinnen.

Eine Stimme erreichte ihn. Nicht durch das Wasser, sondern in seinem Verstand: *Zantu!*

Brianna? Wo bist du? Ich habe dir doch befohlen, wegzuschwimmen!

Aus dem blutigen Nebel tauchte ein Meerkind auf, gefolgt von einer tollpatschigen, wild umherwedelnden Menschenfrau. Ausgehend von den gefräßigen Lauten nahm er an, dass der Hai anderweitig beschäftigt war.

Briannas Gedanken hallten mit hitziger Energie durch seinen Verstand: *Wir sind hier, um dich zu retten!*

„Wo ist mein Dad?", schrie Ebby.

Mit jeder Minute gewann Zantu an Kraft und zeigte in die Richtung, wo er Rubac zurückgelassen hatte. Ebby schnappte sich seine Hand und zog ihn und Brianna in besagte Richtung. Als das Gift seinen Körper endgültig verlassen hatte, half er dem Kind bei der Suche.

Er schickte einen Sonarimpuls und wurde mit einer vertrauten, wenn auch schwachen Melodie belohnt. Ebby ließ von ihnen ab und beschleunigte. Zantu nutzte den Moment, um Brianna an sich zu ziehen. *Du hättest nicht zurückkommen sollen.*

Sie wickelte die Beine um seine Hüfte und vergrub ihr Gesicht an seinem Hals. *Ich dachte schon, ich hätte dich verloren.*

Heilige Abgründe, wie hast du es geschafft, den Hai zu kontrollieren?

Alles, was ich dazu beigetragen habe, war es, mich festzuhalten. Ebby ist der Kopf hinter der Aktion gewesen. Ihr bebender Körper sprach davon, dass mehr dahintersteckte.

Er umarmte sie fest, genoss den Duft ihrer Haut und ihrer Haare. Seine Vorstellungskraft folterte ihn mit vielfältigen Szenarien, die wahrscheinlicher gewesen wären. *Du hattest Glück.*

Rubac näherte sich durch das dreckige Wasser, seine Bewegungen noch immer von dem Gift beeinflusst. Ebby hielt seine Hand, führte ihren Vater.

Zantu sah über Briannas Kopf hinweg, um seinen Bruder zu begrüßen. „Was hast du dir nur gedacht, Rubac? Die Wilden Tiefen sind kein Ort für ein Kind."

„Du hast mir deine Hilfe verweigert." Niedergeschlagen senkte Rubac den Kopf. „Vater hat uns ständig mitgenommen. Ebby wollte mich begleiten."

„Ich wollte einen Wal sehen." Ebby betrachtete ihren Vater mit jugendlicher Naivität. „Leider haben wir das Baby verloren."

Ein Teil von Zantu hatte Mitleid mit seinem Bruder. „Was ist passiert?"

Rubac bedeckte sein Gesicht mit beiden Händen. Ebby reagierte und umarmte ihn. Das Kind antwortete für ihren Vater: „Didra hat es in die Tiefen geworfen."

Das Mitleid in Zantus Seele schien das Wasser in der Umgebung herunterzukühlen, doch jetzt konnten sie nichts mehr tun. „Das Baby ist nun wieder eins mit dem Meer. Das ist mehr, als wir für uns selbst erwarten können."

Seine Arme wickelten sich enger um Brianna, als er gemeinsam mit ihr und seinen Liebsten den Weg zum Seetang-Wald antrat.

ZANTU TRUG eine schlafende Brianna in sein Nest und legte sie auf das Schwammbett. Die Nacht verbrachte er damit, sie zu halten, sie zu streicheln, mit ihr Sex zu haben. Jeder Moment hatte sich in sein Gedächtnis gebrannt. Wenn ihm der heutige Tag etwas gelehrt hatte, dann, dass Brianna nicht in den Ozean gehörte. Sie konnte nicht singen. Sie konnte nicht mal die Reichweite der Melodien im Meer hören. Und selbst, wenn der Atem-Bund auf Dauer geschlossen werden könnte, verteidigen konnte sie sich auch nicht. Mit ihrer provisorischen Waffe hatte sie Glück gehabt und er bezweifelte, dass sie ein weiteres Mal so gesegnet wäre.

Sie gehörte an Land.

Wenn sie bei ihm bliebe, würde das für sie beide den Tod bedeuten. Sicher, er würde keine Sekunde zögern, würde sein Leben für sie opfern, doch der Gedanke, dass sie aufgrund seines egoistischen Bedürfnisses, sie bei sich haben zu wollen, sterben könnte, war nicht akzeptabel. Sie als Menschenfrau war nur an einem Ort sicher: an Land und unter ihresgleichen.

Er wusste, dass sie sich seiner Entscheidung widersetzen würde. Er konnte nicht glauben, dass er tatsächlich im Begriff war, sie loszulassen. Etwas, das er zu Beginn aus Selbstschutz hatte tun wollen.

Bei den ersten Noten zur Morgendämmerung hob er sie sanft in die Arme und trug sie aus dem Nest. Jeder von Korallen bedeckte Stein, den sie auf dem Weg zum Ufer passierten, fühlte sich wie zusätzliches Gewicht auf Zantus Seele an. Er durchbrach die Wasseroberfläche, als goldene Sonnenstrahlen auf den flachen Wellen der Bucht glitzerten, die er für sie ausgewählt hatte. Seine Kehle schnürte sich zu, was nicht nur an der ungewohnten Luft lag, die er einatmete. Nein, der Kummer war groß, und der Herzschmerz würde vernichtend sein. Er zwang sich, weiter Richtung Ufer zu schwimmen, mit dem Wissen, dass er nur so seine Gefährtin in Sicherheit bringen konnte. Leer lag der steinige Strand im Morgenlicht vor ihm. Nur ein kleines Boot ruhte am Ufer und nicht weit entfernt stand ein Haus auf einem Hügel, neben Bäumen, die der Wind zum Rascheln brachte.

Als seine Schwanzflosse gegen den Boden kratzte, erwachte sie. Ihre schläfrigen Gedanken streckten die Fühler nach ihm aus, suchten nach Trost.

Zantu? Wo sind wir?

Er stellte sie auf ihre Füße. *Du musst nach Hause gehen, mein Engelfisch.*

Sie packte ihn, Finger strichen über seine Schultern. *Was? Ich verstehe nicht ...*

Er spannte den Kiefer an, tauchte in die Wellen und schwamm so schnell, wie er konnte, in die Tiefen der See zurück.

Verlass mich nicht! Zantu!

Ihre Schreie, ihre Schluchzer folgten ihm bis zum Abgrund in die Wilden Tiefen.

ZANTU BEREISTE DIE WÄSSRIGE SCHNITTSTELLE, wo das kalte Nordgewässer auf die Strömung der Seetang-Wälder traf. Seit er Brianna ausgesetzt hatte, schienen die Wilden Tiefen nach seiner Seele zu rufen. Die letzten vier Monde hatte er damit verbracht, den Grund nach Schätzen abzusuchen. Sein Nest war angefüllt mit menschlichen Gegenständen, von vergoldeten Bilderrahmen bis hin zu nicht identifizierbaren Dingen aus Plastik.

Nichts davon konnte seine Sehnsucht stillen.

Er umkreiste den länglichen Frachtcontainer, der auf einer Felskante gelandet war. Der Container machte noch einen guten Eindruck. Die kalte Strömung breitete sich in Zantus Knochen aus, seine Finger waren taub, als er ein Stück Basaltgestein nahm, um das Schloss aufzuschlagen. Meerleute verfügten nicht über die Fettschicht, die Wale und auch andere Seekreaturen in den Nordgewässern warm hielt. Er war bereits zu lange hier unten. Doch sich auf die Suche nach den Schätzen der Menschen zu begeben, war das Einzige, was ihn interessierte, seit er sich von Brianna losgerissen hatte. Also machte er weiter.

Das rostige Schloss zerbrach unter der Einwirkung des Steins. Nachdem er es entfernt hatte, platzierte er seine Schulter unter der Stange, die die Türen sicherte und drückte nach oben. Der Riegel reagierte mit einem hohlen Grunzen, so wie auch die Scharniere, als er die Türen öffnete. Er verengte die Augen und schickte eine Sonaranfrage, um den Inhalt zu beurteilen.

Kisten gefüllt mit faulenden Stoffen.

Enttäuschung ließ ihn auf den Felsen sinken. Zerstört durch das Meer. So endeten die meisten Artefakte der Menschheit, wenn sie dem Meer längere Zeit ausgesetzt waren. Kaputt. Verfallen. Kein Überleben möglich.

Der vertraute Trommelschlag eines Wals erreichte ihn, und er erkannte, dass er bereits zu lange ruhte. Seine Muskeln fühlten sich steif an und sein Herz hatte seine

Schläge verlangsamt. Schlafen schien eine gute Idee zu sein.

Der Wal glitt durchs Wasser, rief nach dem Krill, das er verschlingen wollte. Wale gehörten zu den wenigen Wesen, Fische oder Säugetiere, die Worte in ihren Liedern verwendeten. Auch deshalb schwor Rubac, dass sie die Hüter vieler Mythen waren. Noch immer trauerte sein Bruder der verpassten Gelegenheit der Anhebung nach.

Zantu erinnerte sich an seine letzte Begegnung mit einem der prächtigen Tiere, als Brianna noch an seiner Seite war. Der Wal hatte die Magie der Anhebung nicht abgestritten. Vielleicht steckte hinter diesem Mythos doch ein Funken Wahrheit.

Plötzlich erinnerte er sich auch noch an etwas anderes: *„Seit Jahrzehnten habe ich keine menschliche Gefährtin mehr gesehen. Du musst viel lernen"*, hatte der Wal gesungen.

Zantu runzelte die Stirn, sein Blut pumpte schneller durch seine Adern. Was hatte er zu lernen? Gab es etwas, an das er nicht gedacht hatte? Er sammelte seine letzte Kraft zusammen, zwang seine kalten Muskeln, ihn nach oben zu führen, dem Lied des Wales entgegen.

Er fand ihn unter der Wasseroberfläche, sein massiger, vernarbter Körper legte alles unter ihm in den Schatten.

„Großer Wal", rief Zantu. Das kühle Wasser hatte ihn seiner Stimme beraubt, weshalb der Wal der winzigen Kreatur neben ihm keine Aufmerksamkeit schenkte. Stattdessen fuhr er damit fort, riesige Wolken aus Krill durch sein Maul zu filtern. Zantu versuchte es erneut: „Großer Wal, ich habe eine Frage."

Weiterhin wurde er von dem Wal ignoriert, gedämpfte Trommellaute übertönten jegliche Melodien des Ozeans.

Zantu presste ein Lied heraus: „Bitte, ich habe eine menschliche Gefährtin. Ich brauche deine Hilfe."

Das Trommeln stoppte, der massige Körper wurde langsamer. Ein schwarzes Auge fixierte Zantu. „Eine menschliche Gefährtin?", polterte die Kreatur. „Wie konnte denn das passieren?"

Die Geschichte floss aus ihm wie Blut aus einer tödlichen Wunde. Wie er sie kennengelernt hatte, wie sie ihre Loyalität bewiesen hatte und wie er dazu gezwungen gewesen war, sie gehen zu lassen. Die Wiedergabe ließ Zantu mental erschöpft zurück.

Der Wal schwämm weiter durch den Krill. „Wenn sie nicht bei dir sein kann, warum gehst du nicht zu ihr?"

Zantus Verstand überschlug sich. „Zu ihr gehen? Wie?"

„Die Menschen und die Meerleute haben sich vor nicht allzu langer Zeit voneinander abgewandt. Du kannst Sauerstoff einatmen, oder nicht?"

Obwohl die Meerleute die Wasseroberfläche mieden, hatte Zantu immer mal wieder die Luft darüber eingeatmet. Er wusste also, dass es stimmte. „Ja, aber die Luft jenseits des Meeres atmen zu können, ist nur die Lösung für ein Problem. Sie lebt an Land. Mit Beinen."

Der Trommelschlag des Wales klang nach einem Lachen. „Haben die Meerleute denn wirklich das Wissen über ihre Magie vergessen? So wie du ihr das Geschenk geben kannst, unter dem Meer zu atmen, kann sie den Gefallen erwidern und dir das Geschenk des Landes geben."

Zantus Gehirn arbeitete. „Meinst du Beine?"

„Wahre Gefährten gehen Kompromisse ein, um zusammen sein zu können. Manchmal gibt einer mehr, manchmal der andere. So muss es sein, wenn die Verbindung Bestand haben soll."

„Ich kann an Land leben", sagte Zantu und kostete die Idee auf seiner Zunge.

„Kannst du", sang der Wal und schlug seine Schwanzflosse, um den Krill in die vorgesehene Richtung zu lenken.

„Warte! Wie soll das funktionieren?"

Doch der Wal hielt nicht an. In einem Echo hallte sein Lied zu ihm: „Wenn sie wahrhaftig deine Gefährtin ist, kennst du die Antwort bereits."

Zantu war sich nicht sicher, was die Kreatur damit sagen wollte. Doch er hatte vor, es herausfinden. Mit neuer Energie schwamm er zum Ufer. Hoffnung war sein Antrieb.

Der Geruch von verfaultem Seegras und Salz hing in der Luft. Schließlich erhob sich Brianna von einem feuchten Felsen und schloss den Deckel ihres Picknickkorbes, in dem sich ihr Mittag befunden hatte. Sie wandte sich dem Meer zu und klopfte sich Dreck von ihrer Caprihose. Wie immer flüsterte ihr der schiefergraue Ozean zu, mit Wellen, die das Ufer in einem Versprechen küssten, das niemals eingehalten wurde. Manchmal hinterließen sie Muscheln, die in der Sonne funkelten. Manchmal wurde Müll angespült. Heute blieb der Strand sauber.

Auch hatte sie es sich zur Gewohnheit gemacht, in ihren Gedanken nach ihrem Gefährten zu rufen, bevor sie die Bucht verließ: *Zantu!*

Es überraschte sie nicht länger, dass ihr nur die Stille antwortete.

Vielleicht hatte ihr Therapeut recht. Ihre Zeit im Meer musste einfach Einbildung gewesen sein. Ihr Gefährte war ein Mythos.

Als hätte das Baby etwas gegen ihre Gedanken, trat es um sich. Sie legte die Hand auf ihren kaum sichtbaren Schwangerschaftsbauch. „Keine Bange, Kleines. Ich weiß, dass ich nicht verrückt bin."

Nach ihrer unfreiwilligen Rückkehr ans Land war sie die Stufen zu dem kleinen Haus hinaufgestiegen. Das graue Gebäude aus Treibholz hatte offensichtlich lange keiner mehr bewohnt. Die Tür war nicht verschlossen und im Inneren hatte sie Kleidung gefunden. Von dort war sie über einen Schotterweg gelaufen und hatte schnell eine Straße erreicht, wo sie ein Auto heranwinkte und zurück in die Stadt fand.

Innerhalb einer Woche hatte Eric die Scheidungspapiere unterschrieben, ohne sie zu hinterfragen. Nur wenige Tage später erkannte sie, dass sie schwanger war. Der Gedanke, allein ein Baby großzuziehen, brach ihr das Herz, doch sie wusste mit absoluter Sicherheit, dass sie nie wieder einen anderen Mann in ihr Leben lassen würde. Zantu war ihr Gefährte und das würde er auch für alle Zeit bleiben.

Sie hatte das kleine Haus gekauft, das Zantus Strand überblickte und eine neue Stelle im Meeresforschungsinstitut nicht unweit von hier angenommen. Okay, sie war nur eine Buchhalterin, aber solange sie sich in der Nähe der Fische wie Zuhause fühlte, war es den Jobwechsel wert gewesen.

Und manchmal, da war sie sich sicher, konnte sie die Meeresbewohner singen hören.

Vorsichtig ging sie in ihren Sandalen über den steinigen Weg zurück zu ihrem Haus. Die Flut würde nicht mehr lange auf sich warten lassen, und obwohl sie des Öfteren davon träumte, sich in die Umarmung der Wellen zu werfen, wusste sie, dass sie auf keine zweite Rettung hoffen konnte. Zumal sie das Leben ihres Babys nicht riskieren wollte.

Die steife Brise schien ihren Namen zu rufen, die Kieselsteine unter ihren Schuhsohlen knirschten. *Brianna ...*

Sie hielt inne, legte den Kopf auf die Seite und schloss die Augen, um die Liebkosungen des Windes zu genießen. Tagträume, die hatte sie oft, ihr Name auf den Lippen ihres Liebhabers, die Empfindung des Wortes federte über ihre Haut.

Brianna ...

Ihre Augen schossen auf. Das war nicht der Wind. *Zantu?*

Ihr Baby machte einen Salto, tanzte in ihrem Bauch zu einer Melodie.

Brianna, ich brauche dich.

Sie wirbelte so plötzlich herum, dass sie beinahe ausgerutscht wäre. Eine silberne Schwanzflosse erschien in der Nähe des Kliffs.

„Zantu", flüsterte sie. Dann schrie sie so laut, wie sie konnte: „Zantu!"

Ungeachtet ihrer Schuhe, ihrer Kleidung, ihrer Schritte warf sie den Picknickkorb beiseite und rannte in die Wellen. „Zantu, ich bin hier!"

Ein Kopf durchbrach die Wasseroberfläche, näher als zuvor, silberne Haare verschmolzen mit dem blaugrauen Horizont, dann verschwand er wieder.

Als sie bis zur Hüfte im Ozean stand, kam sie rutschend zum Stehen. Wellen trafen sie und brachen. Hatte sie ihn sich nur eingebildet? Sie ließ den Blick über die unruhige Oberfläche des Meeres schweifen, jede Zelle rief ihn herbei. *Ich bin hier!*

Dann materialisierte sich eine Form im Wasser und Zantus glänzender Oberkörper tauchte auf.

„Oh, mein Gott!" Sie machte einen Schritt, rutschte aus und fiel direkt in seine Arme. Aufgeregt küsste sie sein Gesicht, schluckte Wasser, als sie beide untertauchten. Dann lag ihr Mund auf seinem.

Er schob sie von sich und durchbrach die Wasseroberfläche. *Nein.*

Er half ihr, damit sie wieder ihr Gleichgewicht fand. Anschließend wanderten seine Hände zu ihrem Hintern und er näherte sich dem Ufer. Er stolperte einmal, fing sich aber. Oh, mein Gott! Er lief!

Brianna hätte ihn bei dieser Erkenntnis beinahe losgelassen. „Was …"

Ich bin für dich hier, Engelfisch. Jetzt bist du an der Reihe, deine Magie mit mir zu teilen.

Wie ein Gott trat er aus den Wellen und trug sie an den Strand.

„Du bist ein Mensch!" Sie sprach die Worte, als sich der Gedanke in ihrem Kopf formte. Noch immer unter Schock senkte sie die Füße auf den Boden, damit er anhielt. „Wirst du wirklich bleiben?"

„Ja." Er benutzte seine Stimme anstatt der mentalen Verbindung. Das Wort, obwohl ein Akzent deutlich zu hören war, klang tief und verdammt sexy.

Sie trat einen Schritt nach hinten, ließ die Augen über seine breiten Schultern zu seinen Bauchmuskeln wandern, und tiefer, wo sein Schaft halb hart war und von wenigen silbernen Löckchen eingerahmt wurde. Anstelle seines Meermannschwanzes fand sie nun perfekte, athletische Beine. Ihre Aufmerksamkeit kehrte zu seinem Schwanz zurück. „Du bist nackt! Und du bist ein Mann!"

Seine Erektion zuckte bei ihren Worten. „Ja, das bin ich."

So verlockend er auch war, zwang sie sich, ihm in die Augen zu sehen. Seine Tiefen waren so silbern wie in ihrer Erinnerung, seine Lippen sinnlich. Sie hob eine Hand, um mit den Fingerspitzen über seine weiche Haut zu fahren.

Die Stimme eines Kindes unten am Strand riss Brianna aus ihrem Lustnebel. Ihre kleine Bucht war recht abgelegen, aber bei weitem nicht privat. Später würde sie genug Zeit haben, Zantu zu erkunden. Sehr viel Zeit.

„Du wirst Kleidung brauchen." Sie zog sich ihren Windbreaker aus und wickelte die Jacke um seine Hüfte. Gleichermaßen belustigt und verdrießlich stellte sie fest, dass sie sich das auch hätte sparen können. Sie zupfte und drapierte das Material, bis die wichtigsten Körperteile bedeckt waren.

„Warum darfst du dich ausziehen, während ich mich anziehen muss?" Er riss an dem Knoten in den Ärmeln und sie schlug sanft seine Hände weg.

„Du musst noch eine Menge über Menschen lernen."

„Ich freue mich darauf."

Sie nahm seine Hand und führte ihn an den neugierigen Blicken zweier Kinder vorbei, die auf dem windigen Strand Drachen steigen ließen. *Na ja, du wirst von Grund auf alles neu lernen müssen ... Daddy.*

Sein Moment der Verwirrung wurde von einem Freudenschrei abgelöst, der von den Felsen abprallte und die Kinder zum Kichern brachte. Er hob Brianna in seine Arme und drehte sich mit ihr im Kreis. Auch sie konnte ein Kichern nicht unterdrücken. Ja, und warum sollte sie auch?

Zusammen stiegen sie die Stufen zu ihrem gemeinsamen Nest hinauf, von dem sie den Ozean überblicken konnte. Jetzt hatte sie ihren Gefährten gefunden. Ihre wahre Liebe. Den Vater ihrer Kinder.

Liebster Leser,

vielen Dank, dass Du DER KUSS DES MEERMANNES gelesen hast! Ich hoffe, dass Du Deine Zeit in der Unterwasserwelt mit Zantu und Brianna genossen hast. Der nächste Teil wartet schon auf Dich! In DIE MISSION DES MEERMANNES erfährst du, wie es mit Rubac, Zantus Bruder, weitergeht, nun, da er keine Gefährtin mehr hat ...

PS: Es würde mir viel bedeuten, wenn Du mich unterstützt, indem Du Deinen Freunden von meinen Büchern erzählst oder eine Rezension auf deiner bevorzugten Plattform hinterlässt. Rezensionen helfen dabei, neue Leser auf meine Bücher aufmerksam zu machen.

PPS: Sehr gerne stehe ich im Kontakt mit meinen Lesern. Wenn Du das auch möchtest, und immer über neue Erscheinungen aus meiner Feder auf dem Laufenden bleiben willst, dann abonniere am besten meinen Newsletter. Als kleines Dankeschön werde ich Dir ein kostenfreies Bild zum Ausmalen schicken!

HIER ABONNIEREN >>> http://bit.ly/abonniere_tamsin_ley

Für eine Leseprobe von *DIE MISSION DES MEERMANNES* blättere zur nächsten Seite.

Der Motor des Bootes hustete zum Leben, würgte ab und starb. Mit einem genervten Schnauben stellte Madison alles ab und warf einen Blick unter die Motorverkleidung. *Scheiß Mietboot.* Wenn sie an Land anrufen müsste, um abgeschleppt zu werden, würde sie auf dem ganzen Weg zurück fluchen.

Ein hoher, lieblicher Ton sprang übers Wasser, ähnlich dem Lachen eines Kindes. War das möglich? Sie hob den Kopf und ließ den Blick über die ruhige See schweifen. Die Melodie wechselte, klang jetzt viel mehr nach einer Oboe oder einem Saxofon. Eine gedehnte Note folgte, die von einem zwanghaften Rhythmus wie bei einem Herzschlag begleitet wurde.

Befand sich ein weiteres Boot in der Nähe? Sie konnte keines sehen.

Sie schloss die Augen, atmete die salzige Luft ein, bevor sie ihre Lider wieder öffnete, um nach der Quelle des Liedes Ausschau zu halten. Die Sonne glitzerte auf der Oberfläche wie Diamanten, blendete sie, weswegen sie die Augen zusammenkneifen musste. War dort ein Mann, der auf sie … zu schwamm?

Er tauchte unter und das Lied brachte das Deck unter ihren Füßen zum Vibrieren. Ein Beben, das sich einen Weg über ihre Beine bahnte; köstliche Schauer, die sich auf ihr Geschlecht auswirkten. *Gott, das fühlt sich gut an.* Eine Minute später stand sie am Seitendeck.

Ein dunkelhaariger Mann brach sechs Meter von ihr durch die Wasseroberfläche, von seinem getrimmten Bart tropfte Wasser. Er hatte die breiten Schultern und den geschmeidigen Oberkörper eines Schwimmers. Ein spiralförmiger Muschelohrring bohrte sich durch ein Ohrläppchen, und ein perlmuttfarbener Piercing funkelte in seinem linken Nippel, der seine beeindruckenden Brustmuskeln perfekt in Szene setzte. Er spielte eine hypnotisierende Melodie auf einem weiß gezinkten Objekt, das von einem Band um seinen Hals hing. Offenbar interessierte es ihn nicht im Geringsten, dass er mitten im Meer trieb. Vollkommen zogen sie jedoch die limettengrünen Augen in den Bann. Ein Schwindelgefühl schien sie zu übermannen und sie hatte das Bedürfnis, das schwankende Boot zu verlassen. Sie lehnte sich gegen das Geländer, um ihre Fassung zurückzuerlangen.

„Hallo? Brauchst du Hilfe?" Sie wusste nicht, was sie sonst fragen sollte. Sie befanden sich so weit draußen, dass er unmöglich vom Ufer gekommen sein konnte.

Er öffnete den Mund und die schockierend greifbare Melodie, die sie auf diese Seite des Bootes gelockt hatte, gewann an Lautstärke.

Die Wände ihres Geschlechts zogen sich mit überraschender Intensität zusammen; sie näherte sich einem Höhepunkt. Die Wissenschaftlerin in ihr fragte sich, ob ein Orgasmus durch akustische Stimulation überhaupt möglich war. Dann hörte sie mit der Analyse auf und erlaubte, dass die Empfindung über sie hinwegschwappte und sie mit sich trug. Ihre Nippel pressten sich gegen ihr T-Shirt und Wärme bildete sich in ihrem Bauch. Mit beiden Händen packte sie das Geländer, ihre Beine bebten.

Der Mann tauchte und entblößte dabei eine hellgrüne transparente Rückenflosse. Dann folgte eine smaragdgrüne Schwanzflosse, mit der er sie mit Wasser bespritzte. Sie blinzelte, und schaffte es, ihre wissenschaftliche Neugierde wieder hervorzuholen. *War das eine ...? Nein, unmöglich.* Das Lied änderte seinen Rhythmus, tief traf es sie, vom Deck kroch es ihre Beine hoch und hämmerte gegen ihre Klitoris, als würde ein Mann sie hart nehmen.

Sie sog scharf den Atem ein, warf den Kopf in den Nacken, verloren in ungekannter Ekstase. Die lustvolle Welle riss ihre Logik mit sich. Jeder Millimeter ihrer Haut bebte mit elektrischer Begierde und sie sehnte sich danach, berührt zu werden. Sofort.

Ihre Hand wanderte zu ihrer Brust, zwickte in ihren Nippel. Sie brauchte mehr. Sie brauchte diesen Mann, der es schaffte, ihre niedersten Triebe hervorzulocken. Mit einer Hand an ihrer Brust lehnte sie sich über die Reling und blickte ins Wasser. *Wo ist er hin?*

Direkt unter ihr erschien sein Gesicht, kam näher und näher. Ein Paar aus limettengrünen Augen bohrte sich in ihre – ein Blick, der nicht einnehmender sein konnte und von einer wilden Melodie begleitet wurde, die bis in ihre Seele vordrang. Sie streckte sich ihm entgegen, folgte dem Ruf.

Er durchbrach die Wasseroberfläche und fand ihre Lippen für einen Kuss. Dieser unvermeidbare Kontakt trieb sie in einen vernichtenden Orgasmus. So lockerte sich der Griff und sie fiel kopfüber in die eisige Umarmung des Ozeans ...

VIELEN DANK, dass Du Leseprobe gelesen hast! Hier vorbestellen >>> *DIE MISSION DES MEERMANNES*

DANKSAGUNGEN

Ihr, meine Helferlein, die immer mit konstruktiver Kritik um die Ecke kommt – ich danke Euch. Für Eure Zeit, für den wiederholten Input, um das Buch meinem Lektor rechtzeitig vorlegen zu können. Ohne Euch würde es diese Geschichte nicht geben!

Und Dank gilt auch meiner Übersetzerin Franzi, die mir dabei behilflich war und ist, diese und noch viele weitere Werke auch meinen deutschen Lesern zur Verfügung zu stellen.

Vor langer, langer Zeit habe ich es mir in den Kopf gesetzt, biomedizinische Technikerin zu werden. Das Aufschneiden von Laborratten führt allerdings selten zu einem glücklichen Ende, wie man es aus Büchern kennt. Jetzt vermische ich meine Begeisterung für die Wissenschaft mit charakterorientierter Romance und einem garantierten Happy End. Meine Monster finden immer ihre Gefährten, in Geschichten mit temperamentvollen Protagonistinnen, gequälten Helden und einer guten Portion Erotik. Ich verspreche Dir, meine Geschichten werden Dich nicht hängen lassen. (Obwohl es natürlich passieren kann, dass Du danach noch mehr willst!)

Wenn ich nicht schreibe, dann findest Du mich im Garten oder in der Küche, auf Erkundung durch

Alaska mit meinem Ehemann oder bei der Vorbereitung auf eine Zombie-Apokalypse. Natürlich könnte es auch passieren, dass Du mich dabei erwischst, wie ich mein kuscheliges sechs Kilo Häschen Abigail bewundere. Ich liebe Wein und Apple Cider. Und auch wenn ich nur ein bescheidenes Talent dafür besitze, genieße ich es, zu häkeln.

Gefährten für Monster

Der Kuss des Meermannes

Die Mission des Meermannes

Eine Meerjungfrau mit Herz